FVA

Anna Kordsaia-Samadaschwili

SINKA MENSCH

Roman

Aus dem Georgischen von Sybilla Heinze

FRANKFURTER VERLAGSANSTALT

Ich widme diese Geschichte den Freundinnen meiner Mutter:
der kleinen Ninulia, Dina Taubina, Berta Edelstein
und Tante Mania, den schönen Mädchen,
die im zwanzigsten Jahrhundert geblieben sind.

Es war einmal zu meiner Zeit eine Stadt, deren Einwohner, besonders diejenigen, welche jenseits des Flusses lebten, beim Leben ihrer Mutter, bei ihrem Gewissen und dem Vaterland schworen, dass unsere Stadt die schönste der Welt sei und hier Dinge passierten, von denen andere Städte nur träumen könnten.

Mag ja sein.

Ich habe auch andere Städte gesehen. Es waren alles schöne Städte, man kann nichts Gegenteiliges sagen, aber wissen ist besser als sehen: Mir ist diese, unsere, immer am liebsten gewesen. Schließlich bin ich ja auch eine von jenseits des Flusses, mal vom einen, mal vom anderen Ufer.

Am Flussufer erzählte man sich tausend Geschichten: dass das Wasser aus dem Felsen entspringe, man solle das Gesicht damit waschen und dann werde man zu einem Mädchen, vor dem die ganze Stadt niederknien würde. Wenn man den Flusssirenen lausche, könne man wunderbare Dinge von ihnen erfahren, die seien allerdings entweder gelogen oder wahr. Die Sonnenbräune in unserer Stadt sei nicht nur schön, sondern auch sehr gesund, steig aufs Dach, wärm dich auf und du wirst dir hundert Jahre lang weder eine Erkältung einfangen noch einen Mückenstich, heißt es. Und der Mann, den du einfach für einen Mann hältst, ja der, der ist in Wirklichkeit...

Und wir, die ganze Weiberschaft des Viertels, rieben unsere Gesichter wie die Verrückten an den moosbewachsenen Felsen, und es wirkte tatsächlich. Stellt euch vor, wenn es das Wasser der Schönheit nicht geben würde, wie wir dann aussähen?! Ich kenne so viele, die den Sirenen auf den Leim gegangen sind, dass mein Leben nicht ausreichen würde, um alle aufzuzählen, und dank der herrlichen Sonne meiner Stadt kriege ich keine Erkältung und mich sticht keine Mücke. Niemals.

In einem haben die Leute jenseits des Flusses sich aber geirrt: Ich habe diesen Mann nie einfach für einen Mann gehalten. Wenn ein Mann zwei Augen hat, beide himmelblau und trotzdem verschiedenfarbig, ist das schon eine gefährliche Sache. Noch dazu war er Dichter. Ach komm ... der war nicht einfach ein Mann.

Der Mann erzählte ständig irgendwelche Geschichten, von der Stadt, von den Sagen der Sirenen und den Neuigkeiten, die die Krähen des Geteilten Gartens überbrachten. Ich habe sie mir angehört und weitererzählt. Jetzt will ich Folgendes tun: Ich erzähle euch das, was der Mann mir erzählt hat; wer es ihm erzählt hat, weiß ich allerdings nicht. Das hat er mir nicht gesagt.

Seine Geschichten, an die ich mich erinnere, erzählen vom vergangenen Jahrhundert, außerdem sind sie von einem »Jenseitigen« und Dichter überliefert, und vielleicht nicht ganz glaubwürdig.

Aleksi Mensch ging in die Geschichte ein

Aleksi Mensch ging in die Geschichte ein. Davon hat er nichts erfahren. Würde er auch nicht, denn über einem vom Volkskommissariat für innere Angelegenheiten der UdSSR am 25. Mai 1938 in Moskau ausgegebenen Befehl zur »Verhinderung von Verfehlungen in Kinderheimen im Umgang mit Kindern repressalienbetroffener Eltern« stand unmissverständlich geschrieben: »Streng geheim«. In dem Befehl stand so einiges. Sehr schlimme Dinge. So schlimme Dinge, dass vor ihrem Hintergrund Aleksis Abenteuer nicht erwähnenswert wäre: Wie es hieß, »wurden im Kinderheim Borkow im Kreis Kalinin zwei achtjährige Mädchen von Heimbewohnern aus der älteren Gruppe vergewaltigt. Die Erzieher des Heimes ließen die Kinder einander zur Strafe verprügeln«. Aleksi war zwar weder ein Kind repressalienbetroffener Eltern, noch hatte er die Vergewaltigungen angezettelt – er hatte etwas anderes verbrochen: Er war ausgerissen, hatte am Flussufer Teer geschnüffelt –, doch Aleksi wurde trotzdem zum Schläger und Geschlagenen: Ein Erzieher wettete auf ihn. Und verlor. Aleksi, normalerweise ein ordentlicher Raufbold und, wenn es darauf ankam, unberechenbar wie eine Bestie, war erstarrt. Der Erzieher war jedoch überzeugt, er hätte das absichtlich getan, und verpasste ihm die Abreibung, die der Gegner hatte

vermissen lassen. Nach diesem Geschehnis landete der Heimbewohner Mensch, blutüberströmt und zerschlagen, zunächst im Krankenzimmer des Kinderheims, wo man feststellte, er sei am Leben, und dann in der Bude des versoffenen, hinkenden und missgelaunten Straßenfegers, der feststellte, er habe ein zertrümmertes Bein, sei aber am Leben. Er werde zwar sein Leben lang hinken, genau wie er selbst, aber er sehe doch, dass er lebendig sei und auch er leben werde.
Jenen Mann vergaß Aleksi nie. Was andere Dinge betraf, gab er sich Mühe und es gelang ihm tatsächlich, alles zu vergessen, nicht aber den Straßenfeger – niemals. Der wortkarge, gebrochene Mann mit gebrochenem Körper zog das Akkordeon hervor und sang schlecht:

> В тридцать третем году
> всю поели лебеду.
> Руки, ноги опухали,
> умирали на ходу …
>
> Im Jahre dreiunddreißig
> haben wir den giftigen Gänsefuß aufgegessen
> Arme, Beine schwollen uns an
> wir starben beim Laufen …

Der Straßenfeger brachte Aleksi wieder auf die Beine und schenkte ihm ein Akkordeon.
Wenn man Verkrüppeltsein als Glück bezeichnen kann, hatte Aleksi Glück gehabt. Als Krüppel wurde er nicht

in den Krieg eingezogen, hatte aber Papiere und ein Akkordeon; jenes Heimkind Aleksi Mensch aus dem Kinderheim Borkow im Kreis Kaliningrad, das in Wirklichkeit weder Aleksi mit Vornamen noch Mensch mit Nachnamen hieß – aber er würde das nie erwähnen! – also, jener Aleksi Mensch spielte und sang, er sang für die Kämpfenden, die Verwundeten, die Sterbenden und die Überlebenden, er spielte und sang in Vorzeigekinderheimen, auf Feiern, Schulfesten, und er sang immer für junge Mädchen, die selbst nach zwölfstündiger Plackerei eher schlecht als recht, aber immerhin zurechtgemacht und immerhin junge Frauen, einen zwar hinkenden, aber lächelnden und, was die Hauptsache ist, männlichen Menschen anlachten, der das Akkordeon voller Leidenschaft spielte, und siehe da – der erste Akkord und Aleksi legte los:
»Meine Damen und Herren! Jungs und Mädels! Ich bin Aleksi Mensch. Dieses Akkordeon heißt Raviata. Als es jung war, hieß es Traviata, aber dann brach der erste Buchstabe ab und ging verloren. Deshalb heißt es Raviata, das beste Akkordeon der Welt ...«
Später, sehr viele Jahre später, sah Aleksi im Kino vor Beginn des eigentlichen Filmes einen völlig uninteressanten, lehr- und erkenntnisreichen Kurzfilm, in dem hie und da Zeichnungen zum Leben erwachten. Eine davon kam Aleksi bekannt vor, erinnerte ihn an etwas, oder ihm wurde etwas klar oder er sah etwas, was er zwar ständig vor der Nase, aber doch nicht bewusst erkannt hatte, so etwas in der Art. Da war die runde Erde, ein

Ball, von Schienen durchzogen, und dieser Ball drehte sich, Tannenbäume und mehrstöckige Häuser waren zu sehen, wuchsen und verschwanden wieder, und auf diesen Ball trat ein Mann, ein Akkordeonspieler, lächelnd, einen Hut in den Nacken geschoben, mit hohen Schnürschuhen, wie sich das gehört, und er zog das Akkordeon auseinander, sang und brachte die Erde zum Drehen oder die Erde brachte ihn zum Drehen, aber so viel kapierte Aleksi nun auch wieder nicht.
Das war nichts Besonderes, denn auf jedem Plakat war ein lustiger Akkordeonspieler und fast alle Filme fingen mit Schienen an, und wer Akkordeon spielt, ist immer unterwegs, was sonst - doch Aleksi wusste, dass er etwas Bedeutsames gesehen hatte.
Dieses Bild hatte er später oft vor Augen. Er dachte nach. So viel, dass er am Ende der Meinung war, irgendwer habe genau sein Leben gemalt. Er sprach nicht darüber, er dachte einfach nur nach und erfreute sich daran, und er freute sich, dass er auf der Erde wandelte.
So kam es, dass er überlebte und alles ihm gehörte: Erde, Schienen und Akkordeon.
Und ebenso Frauen.
Die Frauen, die jungen und die nicht ganz so jungen, die hübschen und die einigermaßen hübschen, die ruhigen und die dummen - sie alle liebten Aleksi Mensch und Aleksi liebte sie. Aleksi liebte Frauen. Tausendmal mehr als Männer. Frauen taten nicht das, was Aleksi am meisten hasste, sie fielen ihm nicht zur Last, wurden nicht böse, stritten nicht, jedenfalls taten sie ihm wirklich

nichts zuleide und auch Aleksi musste ihnen nicht zur Last fallen oder mit ihnen streiten. Sie lachten schallend, waren glücklich und dankbar. Auch Aleksi war dankbar. Aleksi gelang es, niemals irgendjemanden zu kränken. Manchmal dachte er zwar, etwas könnte sie gekränkt haben und sie zeigten es bloß nicht, aber das war nur ein kurzer Gedanke, der nicht mal so unangenehm war, dass er vergessen werden sollte. Und die Erde drehte sich und Aleksi sang und die Mädchen tanzten, mal mit Jungs, mal mit Freundinnen oder auch mal allein, und ihre Kleider wirbelten und ihre Augen glänzten.
Herrlich!
Ein toller Mann, dieser Akkordeonspieler!

Am Ufer des Schwarzen Meeres

> С большой гордостью и надеждой читают прогрессивные люди мира слова товарища Н.С.Хрущева: – Коммунизм предлогает всестороннее физическое и духовное развитие человека.
>
> Fortschrittliche Menschen lesen mit großem Stolz und großen Hoffnungen die Worte des Genossen N. S. Chruschtschow: Kommunismus bedeutet eine umfassende körperliche und geistige Entwicklung des Menschen.

Mitten in der Sonne, auf einem Stuhl, saß ein Mann, ein Junge hockte bei ihm, drei, vier Jahre alt, und hörte ihm aufmerksam zu.
»Zeig mir deine Hand«, sagte der Mann. »Nun sag mir mal, falls du das weißt: Wie viele Finger hast du an dieser Hand?«
»Fünf«, antwortete der Junge.
»Richtig«, bestätigte der Mann. »Und an der anderen?«
Das Kind streckte ihm die andere Hand hin:
»Da auch fünf.«
»Oh, so ein kluger Junge«, sagte der Mann. »Und nun,

weißt du denn auch, wie viele Finger du an beiden Händen hast? Also zusammen. Nun?«
»Zehn!«, sagte der Junge stolz.
»Aha!« Der Mann konnte seine Begeisterung nicht verbergen. »Du bist ein sehr kluger Junge! Und weißt du denn auch, wenn wir deine und meine Hände zusammenzählen, wie viele Finger da insgesamt rauskommen?«
»Zwaaan-zig!«
»Das stimmt nicht!«, rief der Mann und stand auf. »Zähl mal nach!« Er streckte dem Jungen die Hände entgegen. An der Rechten hatte er nur noch zwei Finger – Daumen und Zeigefinger.
Das Kind staunte. Der Mann lachte.
»Genau. Nicht jeder hat fünf Finger. Und ich verrate dir noch was: Gleich kommt ein Mann, der hat sogar nur ein Bein.«
»Kann er laufen?«, flüsterte der Junge.
»Na klar!«, versicherte ihm der Mann. »Und wie!«
Das Kind rief »Oh!« und versuchte wegzulaufen, rannte aber direkt in Aleksi, der Zeuge des Gesprächs geworden war. Aleksi versuchte, den Jungen aufzuhalten, der aber schaute verängstigt auf dessen Beine, war, obwohl er deren zwei sah, trotzdem nicht erfreut, sondern rief noch mal »Oh!« und nahm Reißaus.
»Hat der sich erschreckt«, sagte der Zweifingrige bedauernd und streckte Aleksi die Hand entgegen: »Kotiko. Hallo.«
Dann kam der andere, Data, und Data hatte wirklich nur ein Bein, lief wirklich fix und benutzte seine Krücke

ziemlich geschickt. Data und Kotiko hatten im selben Haus wie Aleksi ein Zimmer gemietet. Data und Kotiko waren Georgier, aus Georgien, nicht aus Abchasien oder Südossetien.

Warst du schon mal in Georgien? Nein, nie. Ich weiß, sehr schön ist es dort. Ich? Keine Ahnung woher ... aus der Sowjetunion. Ich wurde eingeladen. Dann komm doch mit nach Georgien. Laden wir dich eben ein. Es ist doch nicht weit von hier. Im Prinzip ist Sotschi auch Georgien. Und dann folgte eine lange Geschichte darüber, wie groß Georgien einst gewesen war und so weiter und so fort ...

Sie saßen im Hof, am Feigenbaum, tranken Kwass und plänkelten herum. Es war ein herrlicher Tag, heiß, klarer Himmel, kalter Kwass, die pummelige, lächelnde Haushälterin, die unverhohlen kokettierte, die Aussicht auf Arbeit und zwei Wochen in der wunderschönen Kurstadt Sotschi.

Es heißt, in der Stadt Sotschi seien die Nächte dunkel.

Aleksi gefielen diese Typen, Kotiko und Data. Nur konnte er die Männer, die wie aus heiterem Himmel aufgetaucht waren, auf Anhieb recht schwer auseinanderhalten – nicht wegen ihres Aussehens, denn sie glichen einander überhaupt nicht, sondern wegen ihrer Geschichten. Sie erzählten Geschichten, die der eine begann und der andere beendete, sie nahmen sich gegenseitig das Wort aus dem Mund, neckten einander und kamen einem vor wie ein einziger Mensch, nur in Form von zweien.

Sie sind im Krieg gewesen, klar. Data hatte nicht viel auf die Reihe bekommen, gleich im ersten Kampf war er verwundet worden. Hatte ein Bein verloren. In Kertsch. Hat man so was je gehört? Aber so war's. Ja, Data hat Glück gehabt. Nur, dass du's weißt, er ist in Finnland gewesen und der Erste, der den Finnen je Mandarinen zu essen gegeben hat, war Data. Die waren aus dem Häuschen, die Finnen. Haha, das stimmt natürlich nicht, als ob Data jemals in Finnland gewesen wäre, wir erzählen das nur so, weil's lustiger klingt. Nun, die Geschichte von Kertsch erzählen wir ja lieber nicht ... Er hatte Mandarinen dabei, aus Natanebi, das ist so ein Dorf in Gurien, und von dort hat er sie im Rucksack herumgeschleppt, und als er dann in Kriegsgefangenschaft geriet, ließ er die finnischen Soldaten davon probieren. Die Leute waren aus dem Häuschen! Wegen dieser Mandarinen wuchs er den Finnen so ans Herz, dass sie ihn herausschmuggelten, durch den dichten Wald. Und in dem finnischen Wald, wo es Fichten gab, so weit das Auge reichte, und brusttiefen Schnee, geriet Data in eine Bärenfalle! Da staunst du, was? Was sollte er machen, er konnte ja nicht dortbleiben, in Karelien oder Finnland, im Wald und in eisiger Kälte. Er hat seinen Dolch rausgezogen und sich das Bein abgeschnitten. Haha, das fragen uns alle, wo gibt's denn so viele Mandarinen, und wir antworten, dass Natanebi Mandarinen hervorbringt, in Natanebi gedeihen nur Mandarinen und die bei ihren Schwiegermüttern eingenisteten Schwiegersöhne. Hahaha! Und? Und Data ist bis zum Krieg nie in Natanebi gewesen, Natanebi ist das

Dorf seiner Frau, außerdem das Heimatdorf ihrer Mutter, der Krieg war schon lange vorbei und dann erst hat er sie kennengelernt, und dann hat die arme Frau diesen Invaliden hier geheiratet.

Warum arm?, fragte Aleksi irritiert, und Data antwortete, Ach, lern mich nur kennen und dann weißt du, was ich meine. Die Arme, sagte Kotiko, zwei Kinder hat sie bekommen und dabei jedes Mal gebetet, lieber Gott, mach, dass meine Kinder nicht nach dem Vater geraten, gib ihnen zwei Beine. Hahaha! Ein bisschen dumm ist sie schon, ja, aber eine sehr gute Frau, du wirst schon sehen, zum Verlieben ist sie.

Sie sprachen so mit ihm, als wäre Sotschi wirklich Georgien und als wären sie abends zu Datas Schwiegermutter nach Natanebi eingeladen worden. Aleksi fand das super und war über sich selbst erstaunt, als er die Männer sogar zum Tanz einlud. Am Abend. Am Strand. Was sagt ihr dazu? Tja, Data, du kannst zwar nicht tanzen, aber warum nicht? Ich lade euch doch nicht zum Tanzen ein. Tanzen kann ich doch selber nicht. Ich spiele. Auf dem Akkordeon.

Schau mal einer an! Kotiko war auch Musiker gewesen, er hatte Violine gespielt, bevor ihm die Finger abgefroren waren. Nein, doch nicht im Krieg, bis Warschau war es für ihn ein Spaziergang gewesen, und er kam sogar kraftstrotzend wieder, hatte zwar ein bisschen Grips eingebüßt in diesem Warschau ... Na ja, nun gut, nicht nur ein bisschen, aber immerhin hatte er da noch alle Finger gehabt. Kotiko hatte Glück, ja. Nur eins sollst du wissen, während ich in Finnland war, ist Kotiko in der Mandschurei gewesen, wo er sich den Partisanen anschloss. Es gab da einen mongolischen Jungen, auch so ein Partisan, klein und hübsch, ein mutiger Kämpfer dazu, und dieser Junge vertraute Kotiko an, er sei weder ein Mongole noch ein Junge, sondern ein usbekisches Mädchen. Wie kam es denn dazu, fragst du dich jetzt sicher. Hahaha! Der Feind hat meine Eltern umgebracht, ich wurde Waise, es ist keiner mehr da, der mich liebt, klein und bedauernswert wie ich bin, sagte das Mädchen. Und damit das usbekische Mädchen nicht verhungerte und um außerdem der Liebsten Heldentaten zu zeigen – natürlich hatte er sich verliebt –, schnitt sich Kotiko jeden Tag einen Finger ab und überschritt im Rücken des Feindes die Grenze, tauschte ihn bei den Menschenfresser-Interventionisten gegen Reis ein. Das stimmt natürlich nicht, als ob Kotiko jemals in der Mandschurei gewesen wäre, wir erzählen es nur so, dass er seine Frau kennengelernt hat, als er Partisan war. Nein, sie ist keine Usbekin, sondern aus Tschughureti, und eine Waise ist sie auch nicht, sogar noch heute hat sie eine Mutter und Tanten – das wünscht man nicht mal dem ärgsten Feind! Sie sieht nur aus wie eine Usbekin. Erinnerst du dich an das Bild »Ein usbekisches Mädchen geht zur Schule«? So eine ist das, außerdem genauso tüchtig und streng. Klar, freilich kennt sie die Geschichte, wir erzählen sie immer in ihrem Beisein, und jedes Mal, wenn sie sie hört, tobt sie vor Wut, hahaha ...

Am Abend, auf dem Tanzplatz, kreuzten wirklich Kotiko

und Data auf, in den gleichen weißen Hemden und den gleichen grauen Hosen, wie Kotiko für den ganzen Platz vernehmbar verkündete, gaben siebzehn Finger und drei Beine Aleksi die Ehre. Aleksi gefiel's und er winkte den Männern zu, dann legte er los:
»Meine Damen und Herren! Mädchen und Jungs! Ich bin Aleksi Mensch. Dieses Akkordeon heißt Raviata. Heute spielen die Raviata und ich erstmals in Sotschi, von dem es heißt, hier gäbe es die dunkelsten Nächte.«
... Am Ufer des Schwarzen Meeres ...
Data setzte sich auf die weiße Balustrade, lehnte die Krücke daneben, und schon nach wenigen Minuten hockte sich das erste Mädchen, dann ein zweites neben ihn, und schon nach wenigen Minuten war ein lebendiges Gespräch im Gange. Er erzählt ihnen von Finnland, dachte Aleksi und lachte in sich hinein. Kotiko war nicht mehr zu sehen, und auch darüber musste Aleksi lachen.
... Am Ufer des Schwarzen Meeres ...
Es war eine heiße Nacht, sternenklar und glücklich. Der Tanzplatz war von Lichterketten beleuchtet, ein fahles Licht, aber dennoch schön, feierlich. Aleksi freute sich, worüber, darüber dachte er nicht nach, er fühlte sich pudelwohl. Zwei Wochen in der wunderbaren Stadt Sotschi, und wer weiß, vielleicht ergäbe sich wirklich die Chance, nach Georgien zu fahren. Warum auch nicht? Vielleicht würden er, Kotiko und Data Freunde und dann würden sie sich zusammen eine Geschichte ausdenken, eine dumme und lustige ...
... Am Ufer des Schwarzen Meeres ...

Seite an Seite standen Paare und applaudierten. Aleksi lächelte breit, nickte den Zuhörern und Tänzern zu. Und dann, bevor er einen neuen Akkord anspielte, kam Kotiko zu ihm.

»Schau doch mal rüber zu Data, aber so, dass es keiner merkt. Ja. Nicht die Ältere, mit der Data redet, die wie ein Samowar aussieht, nein, die Junge, im weißen Kleid. Ein liebes Mädchen. Sie schaut dauernd zu dir rüber. Na, du machst das schon.«

Zu einer anderen Zeit und zu jemand anderem hätte Aleksi auf jeden Fall gesagt, was er glaube, wer er sei und was er sich erlaube, aber er mochte Kotiko und mochte Sotschi und mochte diese Nacht. Deshalb nickte er schweigend und blickte, als Kotiko sich getrollt hatte, zu Data hinüber.

Aleksi erinnerte sich später oft daran und wunderte sich, was damals in ihn gefahren war. Was am Ufer des Schwarzen Meeres in ihn gefahren war ... Der Gral der Liebe ist dir zerbrochen, lachten Kotiko und Data dann manchmal, und Aleksi antwortete stets demütig, vielleicht nicht der Gral, aber mein Herz schon. Sei es wie es sei, Aleksi Mensch sah in Sotschi, am südlichen Himmelszelt, auf der schneeweißen Balustrade, neben Data ein Mädchen sitzen. Oder war es ein Engel? Engel tragen doch weiße Kleider, stimmt's? Also war es ein Engel.

»Dünn wie die siebte Saite einer Gitarre«, seufzte Kotiko. »Ach, Niniko ...«

»Obersturmbannführer Prokowjewna«, seufzte Data, »herrje, die Prokowjewna ...«

Die Prokowjewna war Ninikos Mutter, riesengroß, ein Berg. Selbstgefällig pflegte sie angeblich zu sagen (natürlich nie zu Männern, das ist klar), dass in ihrer Jugend ein zwölfteiliges Teeservice auf ihre Brust gepasst habe, samt Zuckerdose und Teekanne.
Die Prokowjewna war eine große, unglückliche Frau: Der Prokowjewna war alles passiert, was, so sagte sie selbst, einer kleinen Frau passieren kann. Außerdem litt sie in letzter Zeit unter Atemnot, die Beine wurden ihr schwer, die Augen ließen nach. Sie konnte einem leidtun, deswegen nahmen sich alle tunlichst vor ihrer garstigen Laune in Acht oder mieden sie möglichst. Infolgedessen wäre zu all den Leiden der Prokowjewna auch noch die Einsamkeit gekommen, wäre da nicht Niniko gewesen.
Niniko jedoch – ach, Niniko ... solche Mädchen existieren eigentlich gar nicht. Sie erscheinen und verschwinden nur in Büchern, und sie sind nur für diejenigen auf der Welt, die glauben, dass sie die Erde nur deswegen drehen oder die Erde sie dreht, um sie mit großer Liebe zu überschütten. Mit einer Liebe, die in Wirklichkeit nicht existiert. Genauso wenig, wie Mädchen wie Niniko existieren.
»Aleksi.«
»Niniko.«
Die Prokowjewna flüsterte Kotiko zu – zumindest hielt sie es für Flüstern: »Hat der Mann keinen Nachnamen?«
»Aleksi Mensch.«
Aleksi neigte den Kopf.
»Hm.«
»Er ist ein Freund von uns.«

»Hm.«
Wir haben zusammen im Orchester gespielt. Im Symphonischen Orchester soll er Akkordeon gespielt haben, Kotiko? Soll das ein Scherz sein? Nein, selbstverständlich das 1. Klavierkonzert von Tschaikowski, da haben wir uns kennengelernt. Doch damals, wer brauchte da schon einen Pianisten, Sie können sich bestimmt noch erinnern, was für Zeiten das waren, und die Leute von damals gibt es immer noch ...
Aleksi nickte den Frauen noch einmal zu und kehrte auf den Tanzplatz zurück, die Prokowjewna aber lehnte sich schwer auf Kotikos Arm. Wer ist dieser Mensch? Ein Armenier? Er sieht doch gar nicht wie einer aus? Ist das ein Künstlername? Natürlich, Sie verstehen doch ... Ja ja, natürlich ... Und wie lautet nun sein richtiger Nachname? Ja, das ist klar, er wird ihn nicht verraten ... Ja, früher, in friedlichen Zeiten, als ein Pfund Butter noch eine halbe Kopeke gekostet hat ...

Klein sind sie alle süß

Lasst nicht auf die Neujahrstanne
unsre kleine Eliso,
denn sie ist, da sind wir sicher,
Kind des Bösen sowieso.

Volkslied

»Dieser Kotiko ist ein verdorbener Typ«, scherzte Data. Sie saßen wieder im Hof unter dem Feigenbaum und tranken Schnaps. Es war schon spät in der Nacht, wieder eine heiße, wundervolle Nacht. In Sotschi gibt es tatsächlich dunkle Nächte.

»Der Vater von dieser Prokowjewna war ein Händler der ersten Gilde, der strotzte vor Geld. Die Tante meiner Frau hat's mir erzählt, die sind befreundet, sie ist auch so ein Drachen, Gott möge mir verzeihen ... Ihr Vater, der Arme, war ein guter Kerl, angeblich hat er der Universität Gold gespendet, georgische Studenten zum Studium ins Ausland geschickt, was weiß ich. Jedenfalls war er ein Guter. Später hat er Angst bekommen, und zwar ordentlich, als man ihm mit Frau und Kind im eigenen Haus nur ein Zimmer zuwies und sie das Plumpsklo benutzen mussten, da war er total verstört. Er hatte sich wahrscheinlich gedacht, der Arme, ich ändere einfach meinen Nachnamen, eine andere Nationalität gab's noch obendrauf und er wurde zu Marlenidse, Marx-Lenin. Er wurde trotzdem erschossen, wie ein Hund. Obwohl er kein Aufrührer war. Den Sohn haben sie dann auch abgeholt und weggebracht, die Schwester meiner Schwiegermutter hat's miterlebt, das war während des Krieges. Er war auch ein verängstigter Mann, plattfüßig und kurzsichtig, tat keinem was zuleide, er sammelte Briefmarken und blieb für sich ... Die Prokowjewna hat auch so einen geheiratet, einen Briefmarkensammler. Der ist im Krieg geblieben, wo, weiß kein Mensch.«

»Zu der würde ich auch nicht zurückkommen«, sagte Data. »Überleg mal, zurückkommen? Zur Prokowjewna?!«

»Niniko ...«, sagte Aleksi.

»Die war sehr klein, wie konnte der Mann denn wissen, was aus ihr werden würde. Wer weiß schon, was aus wem wird. Schaut Data an, der wusste auch nicht, wen er aufzieht, oder hätte er sonst Suriko und Temiko aus dem Geburtshaus nach Hause gebracht?«

Data seufzte.

»So ist es doch. Klein sind sie alle süß.«

Sie schenkten nach.

So ist das also ..., dachte Aleksi. Hat man so was je gehört?

»War es bei euch auch so?«

»Was?«, fragte Kotiko. »So was wie Data habe ich nicht durchgemacht, Gott beschütze mich vor Suriko und Temiko ...«

»Was fragst du uns aus?« Data musste über Aleksi lächeln, aber dieser war nicht beleidigt, im Gegenteil, er lächelte selbst.

Data hob das Glas:

»Ich würde mal so sagen, und Kotiko wird mir beipflichten, das weiß ich genau: Wir haben keine Ahnung, was für ein Leben du gelebt hast und was wie gelaufen ist. Wenn dir danach ist, wirst du es uns erzählen, wenn nicht – dann nicht. Ich weiß nur, und Kotiko auch, dass es uns jetzt hier gut geht und das ist gut so. Was will man mehr ... Was wir drei für Leute getroffen haben und was für Lebensgeschichten wir gehört haben ... Wenn wir die alle mit uns herumgeschleppt hätten, hätten wir die an der ersten Biegung abgeworfen, wie Pferde das tun. Sei es wie es sei, jetzt geht es uns gut. Als du gesagt hast, ich komme mit nach Georgien – solche Sachen habe ich hundertmal so dahingesagt, einfach so, ohne dass etwas dahinter war. Nicht aus Bosheit, nur einfach so, ich hab's gesagt, was soll's. Aber das mit Niniko ist eine wichtige Angelegenheit. Sie ist das beste Mädchen, das ich je gesehen habe, so ist es, und Kotiko ist derselben Meinung. Überleg's dir. Sag uns, was du dir überlegt hast, und dann überlegen wir zusammen, ob wir nach Georgien gehen.«

Aleksi überlegte. Auf der einen Seite gibt es Aleksi Mensch, den Mann, der aus einem Bezirk mit Hungersnot weggelaufen und im Kinderheim aufgewachsen, obdach- und namenlos war. Auf der anderen Seite Niniko ...

»Sie ist die Tochter eines Toten und einer Tollwütigen, jetzt mach mich nicht verrückt!«

Keine Ahnung, woran es lag: an der heißen Nacht, dem trüben Schnaps der Hausherrin oder der ersten Liebe oder daran, dass Aleksi Mensch erstaunt feststellte, dass er im Laufe seines ganzen Lebens das erste Mal so lange mit Männern gesprochen hatte – kurzum, niemand weiß, wie es dazu kam, aber Aleksi fing an zu erzählen, redete drauflos.
Data legte die Krücke auf den Boden, Kotiko stützte die Ellbogen auf den Tisch und Aleksi erzählte. Es war eine sehr heiße Nacht, dunkel, wunderbar.
Jedenfalls, in weiter Ferne ...
Der Zug fuhr, ratterte, erzählte er, schon ein paar Tage lang. Der Ausblick ändert sich nicht.
Eile, eile, Zug, sonst kommt der Winter und Sinka erkältet sich, Sinka wird einfrieren und sterben, und wenn Sinka stirbt, stirbt auch der kleine Junge, weil er Sinka so sehr liebt wie seinen Augapfel.
Eile, kleiner Junge, du musst vor Winteranbruch in Georgien ankommen.
In Georgien, hat Opa gesagt, ist es immer warm. Es gibt viel zu essen. Wir werden dort hinfahren und ich werde rufen: Schnell, bringt Sinka eine Teigtasche! Mit Fett, Kichererbsen und anderen Sachen drin. Womit? Das wirst du sehen, wenn wir ankommen, Sinka. Was für Teigtaschen sollte Sinka denn jetzt gebracht bekommen, Sinka sitzt unter dem Zug, über dem Rad, und seit einigen Tagen rollt schon der Zug, rattert, der Ausblick ändert sich nicht, der kleine Junge und die kleine Sinka sehen nur die Schienen.

Manchmal hält der Zug an und der kleine Junge rennt los, um etwas zu besorgen. Mit eingeschlafenen Beinen ist der erste Schritt schwer, doch dann läuft er schneller und schneller, wie der Wind saust er und bringt immer etwas mit. Keine Teigtasche, aber immerhin, hier, schau, Sinka, und schau, noch mehr ...
Werden wir Georgien denn erkennen, wenn wir es noch nie gesehen haben? Wir werden uns doch nicht irren, wir werden es doch erkennen? Ja, antwortet der Junge, ja, Opa hat gesagt, wenn wir dort sind, merken wir das auf jeden Fall. Dann wird Opa selber nachkommen und wir decken eine große Festtafel, ich, du und Opa, und unsere Tafel dort in Georgien wird so groß sein, dass wir uns einander kaum hören können und rufen müssen wie im Wald.
»Hey, Opa, hey!«, ruft Sinka manchmal, und der kleine Junge hört sie nicht, aber er sieht, was sie ruft, und dann ruft er selbst: »Hey, Opa, hey!« Und Sinka sieht ihn rufen. Danach schauen sie wieder auf die Schienen und der Zug fliegt dahin.
Eile, eile, Zug!
»Und dann?«, horchte Kotiko auf.
»Dann hielt er wieder an, ich sprang raus und lief zu den Frauen, schnell, schnell, ich dachte, ich hol mir was aus den Körben, ich war sehr flink, zweifellos. Nur, dass dann die junge Frau auftauchte, die war auch flink, die hielt meine Hand fest und schrie los, und die Frauen stürzten sich alle auf mich, ich konnte mich einfach nicht losreißen ...«

»Und der Zug fuhr ab ...«
»Ja.«
Data schenkte nach und schaute auf die Flasche.
»Die wird nie leer.« Kotiko zündete sich eine an.
Sie tranken.
»Vielleicht ist sie ja wirklich in Georgien angekommen?« Kotikos Stimme versagte.
Aleksi nickte.
»Ich wurde von Kinderheim zu Kinderheim gereicht. Ich hab nicht gesprochen. Mein Opa hat mir eingetrichtert, egal was kommt, ich solle keinen Mucks sagen, sie würden den Dialekt erkennen und mich zurückschicken. Und so haben sie mich weitergereicht, die ganze Wolga entlang. Sinka könnte im Heim nicht leben, nicht einen Tag würde sie überleben. Sie würde auch nicht in Georgien ankommen. Sie war sehr klein und ausgehungert.«

Segel, Anker, Meer

Если в теле остается иголка или кусочек иголку или булавки, нужно немедленно обратиться с враченной помощю.
Первая (доврачебная) помощь при несчастных случаях, 1965г

Falls eine Nadel oder ein Teil einer Nadel oder von Stiften im Körper verblieben ist, wenden Sie sich sofort an einen Arzt.
Erste (ärztliche) Hilfe bei Unfällen, 1965

Data sagte, wir erfüllen den Fünfjahresplan in drei Jahren, und tatsächlich beging Aleksi Mensch für seine Geliebte eine Heldentat: Es war kein Jahr seit Sotschi vergangen, da betraten drei Männer in der Stadt Tbilissi, am Flussufer, einen »italienischen Hof« in der Hausnummer eins des nach einem verdammten, als Revolutionär bezeichneten Banditen benannten Platzes in ehrenwerter Mission: das eiserne Herz der Prokowjewna zu erweichen und um Ninikos Hand anzuhalten.
Kotikos Brust schmückten unzählige Orden, die Brust von Data ein einziger, aber seiner Aussage nach einer, der Kotiko vollkommen die Sprache verschlagen würde. Auch Aleksi funkele, wie Kotiko meinte, wie ein polier-

tes Fünf-Kopeken-Stück und trat sehr elegant auf – er bemühte sich zumindest, zumal er von den Männern unzählige Ratschläge erteilt bekommen hatte und ihm die Frau, bei der er über dem Kukia-Friedhofsviertel in Tbilissi ein Zimmer gemietet hatte, seufzend den »Schlieps« gebunden hatte.

»Ihr habt keine Ahnung vom Schliepsknoten«, murmelte Frau Kukia, deren echten Namen die Geschichte nicht preisgab, von der aber überliefert ist, dass sie ein gewieftes, mehrfach verwitwetes und kinderloses Weibsbild war, dem das ganze Stadtviertel die Schuld am geheimnisumwobenen Tod ihrer ebenso namenlos vergessenen Ehemänner gab. »Ihr habt weder vom Schliepsknoten Ahnung noch vom Respekt gegenüber Frauen, von nichts habt ihr eine Ahnung, worüber soll ich mit euch reden!«

Kotiko hielt Rosen in der Hand, deren Stiele fast so lang waren wie er selbst, er meinte ziemlich flapsig: »Hier, für Niniko.« Data hingegen ragte eine Champagnerflasche für die Prokowjewna aus der Armbeuge, auf nachdrückliche Empfehlung von Kukia hin mit einer Schleife verschönert, und er kam sich offenkundig dämlich vor.

»Champagner?!«, hatte Data beunruhigt gemeint. »Die Frau säuft doch wie eine Verrückte!«

»Na gut, dann kauf ihr eben billigen ›Hereti‹-Wein oder so 'nen Sch... Wirst ja sehen, was passiert!« Zusätzlich zu ihren anderen tollen Eigenschaften war Kukia auch noch unflätig, bloß hatte sie, nachdem ihr von Data deswegen einmal heftig der Kopf zurechtgerückt worden war, Filter eingebaut, wie er es nannte. »Wenn du willst, kannst du später Schnäpse in sie reinkippen, aber erst mal Champagner und 'ne Pralinenschachtel. Wie soll ich euch das alles nur beibringen!?«

Tatsächlich hatte Kukia ihrem Mieter Aleksi wirklich einiges beigebracht: Sie lehrte ihn die Regeln des Viertels, gab ihm Einblick in den Nachbarschaftsklatsch und es war auch Frau Kukia, die Kotiko, Data und Aleksi den Beinamen »die Schönlinge« gab, und das von Herzen, so als ob es keinen Funken Bosheit darin gäbe, sehr liebevoll.

»Tja, zumindest mit Männern kenne ich mich aus«, sagte Kukia zu Aleksi, der, das konnte keiner abstreiten, besonders aufgehübscht war. »Alle, mit denen ich was hatte, haben mich geheiratet.«

Die drei Männer hatten sich gewehrt, merkten aber bald, dass Widerstand zwecklos war, und fügten sich ihrer Schönheitskur: Wegen so einer Kleinigkeit die Beziehung zu Frau Kukia kaputtzumachen, das war es wirklich nicht wert. Die Hauptsache war, dass Aleksi Kukia sein Georgisch zu verdanken hatte, genauer gesagt das, was sie selbst für Georgisch hielt: einen uralten, kukianischen Dialekt, die »Totenfressersprache«, reich und anschaulich. Aleksi entpuppte sich als fleißiger Schüler und war nun perfekt gerüstet für die entscheidende Schlacht: Er hatte ein Lied geschrieben, auf Georgisch.

»Supergeil«, befand Data.

»Furchtbar«, jammerte Kotiko. »Kaum zu glauben, dass in der Sprache Rustawelis überhaupt so etwas Primitives möglich ist!«

Das letzte Urteil gebührte aber Kukia. Sie hörte gespannt zu, sagte dann, er solle den letzten Vers wiederholen – es waren insgesamt zwei – und erklärte schließlich nach einminütigem Schweigen:

»Es ist weder supergeil noch furchtbar. Ich sage doch: Ihr habt von nichts eine Ahnung. Das ist ein spitzenmäßiges Lied, und ich bin ja wohl nicht von gestern, oder? Also, wenn jemand mir so ein Lied singen würde, ich würde auf der Stelle die Beine breit ... Also, ich wäre hin und weg.«

Die Männer lauschten beunruhigt.

»... und noch dazu einer wie mein Aleksi, groß, hübsch ...«

»... und lahm«, sagte Kotiko amüsiert.

»Ja, lahm, wie Joffrey de Peyrac aus den ›Angélique‹-Filmen, der dazu noch toll singen kann. Also, ich würde auf der Stelle ... Ob ich ihn nun heiraten würde oder nicht, hin und weg wäre ich, und das sogar mitsamt Klamotten!«

»Was soll's«, sagte Kotiko. Er schaute Aleksi zweifelnd an. Aleksi war irritiert. Kotiko atmete erleichtert auf.

»Ich kenn das Mädchen doch«, plapperte Kukia weiter, »klar ist sie eine Gute, hübsch, aber wetten, dass außer einem Wiegenlied noch nie jemand was für sie gesungen hat?«

Tja, da irrte sich Kukia. Mit Männern kannte sie sich wirklich aus, aber von Frauen hatte sie offenbar keine Ahnung. Niniko hatte unzählige Verehrer, wie Sand am Meer. Bloß war sie einfach schlau und betrachtete sie im Gegensatz zu Kukia als nicht ebenbürtig, sie konnte sich penetrante Troubadoure entschieden vom Leibe halten! Eben unverkennbar eine Prokowjewna.

Data horchte auf.

»Hast du ihre Mutter gesehen?«

»Nein.«

»Und warum erzählst du dann Dinge, von denen du keine Ahnung hast? Von wegen Wiegenlied! Das Wiegenlied von General Budjonny, oder was?«

Und nun trat das herausgeputzte, mit Geschenken beladene und hoffnungsvolle Dreiergespann durch die Toreinfahrt der Nummer eins des Revolutionärsplatzes.

Ein sonniger Frühlingstag, ein blühender Kirschbaum, unterm Baum ein Wasserhahn, darauf eine Katze, die wie alle Katzen, die am Revolutionärsplatz wohnen, Malula heißt. In der Mitte des Hofes reinigt das Mädchen Tamriko einen Teppich, sie lässt mit dem Schlauch Wasser darüber laufen und streicht sorgfältig mit einer unsichtbaren Bürste darüber.

Als es die Schritte hörte, hob das Mädchen den Kopf, richtete sich schnell auf und fragte:

»Zu wem wollt ihr?«

Später würde das Mädchen Tamriko erzählen, es seien drei Männer gekommen, die seien dermaßen herausgeputzt gewesen, dass sie furchtbar durcheinander gewesen sei und den Wasserhahn gar nicht mehr zudrehen konnte. Das Mädchen Tamriko sagte auch, dass sie beim Anblick eines der Männer geblendet gewesen sei, weil – davon gibt es mittlerweile schon etliche Versionen, die allesamt völlig abwegig sind – der Mann aussah wie Thor

Heyerdahl / sie dachte, es sei Gérard Philipe / sie oft von ihm geträumt habe und ihn leibhaftig gleich erkannt habe.
Während das Mädchen Tamriko Aleksi anstarrte, sah sich Kotiko im Hof um, reichte dann Tamriko – Kukia würde »Irrtum!« rufen – eine Rose und lächelte sie an.
»Wo wohnt hier Niniko?«
Tamriko rutschte beim Anblick der zwei Finger das Herz in die Hose, aber sie nahm die Blume dennoch entgegen.
Welcher von euch will zu Niniko?!, schrie Tamrikos Herz.
»Zu wem möchtet ihr?«
Auf den Balkon im zweiten Stock trat die Prokowjewna.
Mächtig wie der Elbrus!, dachte Data.
Schrecklich wie General Budjonny!, erschauerte Kotiko.
»Ach, ihr seid's.« In der Stimme der Prokowjewna schwang kein Hauch von Wärme mit.
Und siehe da, getreu dem hundertmal bei Kukia durchgespielten Szenario, griff Aleksi Mensch zu seinem Akkordeon ...
»Mir wurde ganz warm uns Herz«, würde Tamriko später sagen.
... rückte es auf der Schulter zurecht ...
»Wie ein Westernheld war er!«
... und die Raviata fing an zu singen.
Und wie sie sang! Aleksi konnte schwören, sie habe nie etwas Vergleichbares hervorgebracht, und auch danach tat sie das nie mehr.
Raviata sang. Sie sang und alle waren glücklich, dass es auf der Welt eine wunderschöne Stadt gibt und in die-

ser Stadt einen Fluss, am Flussufer einen Hof, in dem ein Kirschbaum blüht, am Wasserhahn eine Katze, die sich das Gesicht putzt, und dass im Hof ein Teppich ausgebreitet ist, ein prächtiger persischer Teppich, bunter als bunt, und all das wird von der Sonne beschienen, von der Sonne der besten Stadt, Tbilissi, und all das passiert, weil es ein Mädchen gibt namens ...
Niniko!, klagte Tamrikos Herz. Er will zu Niniko!
Auch Niniko trat auf den Balkon. Sie stand da und lächelte, und ihr Kinn zitterte ein wenig, und Kotiko dachte, unsere Kukia, dieses Weibsbild, scheint ja doch nicht ganz falschgelegen zu haben.
Die Raviata sang und auch Aleksi hob an zu singen.
Hast du gehört, Tamriko, du Arme? Aleksi singt Niniko etwas vor!

Schönes Schiff,
Segel, Anker, Meer,
möchte keine and're mehr,
ich warte nur auf dich.

Meine Schöne,
dein Feuer verbrennt mich,
und unten am Mtkwari hab ich
ein schönes Schiff!

Weiter, weiter, meine Raviata! Sing, Aleksi! Jauchze, Revolutionärsplatz, heute ist ein großer Tag! Heute hat Tamriko Aleksi gesehen, die Prokowjewna aber hat gemerkt, dass man ihr Niniko wegnimmt. Weiter, weiter, Raviata! Die Hoffnung stirbt zuletzt ...

* * *

Frau Kukia wurde zu solch einer Furie, nahm derartige Wörter in den Mund, dass selbst das Kukia-Viertel, das schon viel erlebt hatte, ins Staunen kam.

»Was soll das heißen – nein?! Wie denn – nein?! Was hat die überhaupt zu sagen? Für wen hält die sich?«

»Für die, die sie ist«, antwortete Kotiko. »Die Mutter. Die Prokowjewna.«

Kukia ging zur zweiten Runde über. Kotiko saß schweigend da. Aleksi ebenso. Sie lungerten bei Kukia herum, im winzigen Garten, und konnten nicht denken.

»Wo habt ihr denn den dritten Goldjungen gelassen?«, hakte Kukia nach.

Data? Bei der Prokowjewna. Er ist immerhin ein solider Kerl, außerdem einbeinig, sie wird ihn schon nicht zerquetschen. Vielleicht bringt er sie dazu, es sich noch mal zu überlegen. Du hättest dortbleiben sollen, du kannst besser reden. Ja, ich hab super gesprochen, aber was soll's ... Hat sie wirklich »Husch-husch, hinfort« gesagt oder hast du dir das bloß ausgedacht? Au Mann ... Und das soll 'ne Frau sein? Ich hab dir ja gesagt, sie ist ein Biest, natürlich hab ich mir das nicht ausgedacht. Siehste, dass du kommst, hatte uns gerade noch gefehlt, das hat das Fass zum Überlaufen gebracht. Was ich sehen würde, weiß ich, die würde dich vermöbeln, meine Liebe, du kennst die Prokowjewna nicht. Jetzt sitzt das

Mädchen bestimmt da und weint, kannst du glauben, ich hab sie ja gesehen, sie würde weinen, die Arme ... So ist sie halt ...

Und wieder irrte sich Kukia. Niniko weinte überhaupt nicht. Niniko überließ Data der Prokowjewna, sie aber zog ein schönes Kleid mit Rosenmuster an, lächelte beim Verlassen des Hauses ihrem eigenen Spiegelbild zu, strich sich die Haare hinters Ohr und machte sich so, lächelnd, auf den Weg zu Kukia, leichten Fußes. Den Weg war sie an die hundertmal gegangen, jedoch mit Bedacht, so, dass weder die Prokowjewna noch Kukia sie bemerkten. Wer könnte sich vorstellen, dass es Niniko, ein Mädchen wie eine Sommerbrise, fast jeden Tag zu jemandem, noch dazu einem lahmen Akkordeonspieler, hinwehen würde ...

Niniko stellte sich vor den friedhofgitterartigen Zaun, winkte den dreien zu, die schwermütig vorm Haus saßen, und ehe sich's Aleksi versah, dass es wirklich Niniko war, stand sie schon im Garten.

Kukia war die Erste, die die Fassung wiederfand.

»Hat sie dich rausgeworfen?«

Statt einer Antwort lächelte Niniko nur und sagte zu Aleksi: »Heirate mich. Morgen. Ich geh jetzt wieder heim und helfe Data, meine Mutter begräbt ihn sonst lebendig, lass uns morgen den Antrag abgeben und heiraten. Und fertig. Was soll meine Mutter dagegen ausrichten.«

Und was sie dagegen ausrichten würde! Die Prokowjewna würde keinen Stein auf dem anderen lassen. Die Fügung des Schicksals wollte es einfach anders – Gesetz ist Gesetz. Zwei Monate waren Probezeit, und am nächsten Tag nach der Eheschließung hatte Niniko geplant, es abends ihrer Mutter zu erzählen. »Was soll ich machen, Mutter, ich liebe diesen Mann und hab ihn geheiratet.« Ja, sie war natürlich furchtbar aufgeregt, aber hatte wirklich ernsthaft vor, es ihr zu sagen: »Mutter, ich liebe diesen Mann und hab ihn geheiratet.« Die Prokowjewna bestand darauf, im Nachtigallenhain spazieren zu gehen, und dort sammelte sie Pilze, schöne Pilze, das waren die ersten Pilze überhaupt dieses Jahr, und an dem Abend, als Niniko ihr sagen wollte: »Was soll ich machen, Mutter, ich liebe diesen Mann und hab ihn geheiratet«, weilten weder die Prokowjewna noch Niniko noch auf dieser Erde.

»Ich versteh's nicht, erklär mir das mal«, bat Aleksi die ärmste Tamriko, deren Gesicht vom Weinen verquollen war, »von welchen Nachtigallen sprichst du?«

So ist das also ..., dachte Aleksi. Hat man so was je gehört?

Ich werd verrückt, ich dreh durch

> Канатная дорога являеться одним из наиболее ексотическии видов транспорта, в.т.ч. общественного.

> Die Seilbahn ist eines der exotischsten unter den öffentlichen Verkehrsmitteln.

So kam es, dass Aleksi Mensch verwitwete und, ehe er sich's versah, zum Eigentümer seiner ersten und letzten Wohnung wurde. Rechtmäßiger Ehemann, Erbe Kraft des Rechts. Und als die gesetzmäßig vorgeschriebene Frist verstrichen war, ging Aleksi Mensch das erste Mal in seine Wohnung am Revolutionärsplatz. In sein Zimmer, das heißt, in Ninikos Zimmer, das heißt, in die Wohnung der Prokowjewna.

»Eine erstaunliche Geschichte«, zischte Frau Lekwischwili. »Irgendein Bastard, ein Fremdling, ein Mal hab ich ihn gesehen, und wie! Wenn ich nur nicht dran denken müsste, wie die Prokowjewna ihn rausgeekelt hat, und recht hatte sie! Alle drei sind solche Typen. Solche Schönlinge. Da kann man nichts sagen. Behinderte. Und jetzt sitzt der Schöne in ihrem Haus, sitzt und sitzt, zieht und drückt das Akkordeon – ihm ist nach Singen zumute! Nicht lange, und er nimmt sich wieder eine Frau ...«

Auf jeden Fall, dachte Tamriko. Und ich werde wahnsinnig. Ich dreh durch ...

»... und natürlich benutzt er das Geschirr und alles von der Prokowjewna und liegt in Ninikos Bett, er schämt sich überhaupt nicht, man könnte meinen, er wäre wirklich der Ehemann gewesen ...«

»Na, was denn sonst?«, hielt Tamriko dagegen und wunderte sich über sich selbst: Wieso nahm sie Aleksi in Schutz? »Sie haben geheiratet, die Regierung hat befunden, dass er der Ehemann ist, na und?«

Die Lekwischwili wollte nicht an die Regierung erinnert werden und verstummte.

Tamriko verabscheute die Lekwischwili. Sie hasste sie nicht, nein. Tamriko verabscheute die Lekwischwili mit unglaublicher Abscheu, und noch zehnmal mehr deshalb, weil sie trotzdem gezwungen war, mit ihr zu tun zu haben: Die Lekwischwili bezahlte sie nicht schlecht fürs Aufräumen der Wohnung, sie musste dafür nicht mal aus dem Haus ... Wenn ich nicht darauf angewiesen wäre, dann ..., dachte Tamriko manchmal beim Putzen der Silberlöffel der Lekwischwili, wenn ich wenigstens nicht wüsste, was du für eine bist ...

Die Lekwischwili war eine schöne Frau, hatte einen wohlgeformten, eleganten Körper, stets gepflegtes, dickes Haar und wirklich bezaubernde Augen. Im Hof war einmal Gegenstand einer Diskussion gewesen, welche Farbe die Augen der Lekwischwili hätten, und weil man sich auf keine hatte einigen konnte, wurde beschlossen, die Lekwischwili, diese Schlampe, sei die ganze Aufregung nicht wert.

Die einzigen »Alteingesessenen« des Hofes waren die Lekwischwili und die Prokowjewna. Trotz ihrer weitgehend gemeinsamen Vergangenheit waren sie nicht befreundet, denn die Prokowjewna wusste etwas, dessen Zeugin beziehungsweise sogar unmittelbare Mitwirkende die arme, kleine, vernachlässigte Tamriko geworden war. Gewollt hatte diese das freilich nicht, aber so war es geschehen, und das konnte Tamriko weder der Lekwischwili noch sich selbst verzeihen.

»Wäre ich doch nur gestorben«, jammerte Tamriko bei Aleksi, der sich nach Ninikos Tod mit ihr so etwas wie angefreundet hatte, aber wirklich nur »so etwas wie«, weil Tamriko Aleksi Mensch dermaßen mochte, sie mochte ihn dermaßen ... Doch sie ertrug es und versuchte, mit ihm befreundet zu sein und gab ihm von dem, was ihr zufiel, etwas ab, aber nur am helllichten Tag, damit es nicht zum Hofgespräch wurde und ihr selbst keine ungesunden Gedanken kämen. Aleksi bedankte sich, lud sie in sein Zimmer ein, stellte ihr Tee hin, und Tamriko saß am runden Tisch, erzählte Geschichten und betrachtete das von Dina Taubina gemalte Porträt von Niniko, und obwohl sie sich sehr dafür schämte, weinte trotzdem ihr Herz vor Eifersucht. Wie schön Niniko gewesen war ...

Tamriko war es auch, die Aleksi von jenem schicksalhaften Tag erzählte, an dem der »intelligente, höfliche, wunderbare« Ehemann der Lekwischwili früher beziehungsweise zu früh von der Arbeit nach Hause gekommen war und in seinem Bett die Lekwischwili vor-

gefunden hatte, die sich darin mit einem georgischen Opernstar herumwälzte.
»Der Mann wurde verrückt, zwar nicht wirklich verrückt, er drehte einfach nur durch, als er das sah – und das kann ich gut verstehen! Stell dir das doch mal vor! Und dann gab es ein solches Geschrei, dass wir alle, die zu Hause waren, es hören konnten und in den Hof rannten, und in dem Moment sprang der Sänger über den Balkon der Lekwischwili, nackt ...«
»Tamriko, das denkst du dir doch aus«, sagte Aleksi.
»Lass gut sein mit der Marmelade. Mehr brauch ich wirklich nicht für den Tee ...«
»Verfüttere sie an die Jungs. Data mag sie, das weiß ich genau. Ich denke mir nichts aus. Frag die Singers, wenn du willst, und Saur war auch da, er hat schon damals im Hof rumgehangen und an seinem »Moskwitsch« rumgebastelt ... Er ist runtergesprungen und abgehauen, stürzte auf den Platz, da haben die Backfrauen gelacht, wie klein ...«
»Ist gut jetzt!«, wand sich Aleksi, schüchtern, wie er war. Tamriko wurde rot.
»Was ist gut? Wie klein ist doch Tbilissi, haben sie gelacht. Was dachtest du denn?«
»Und dann?« Aleksi war völlig durcheinander. »Der Tee. Es ist wirklich indischer. Er wird kalt.«
»Danke ... Jedenfalls ist er abgehauen und die Lekwischwili ist geblieben, und der Ehemann – ich hab dir ja erzählt, dass er durchgedreht ist – fing an, Gegenstände rumzuschmeißen, warf der Lekwischwili außerdem

Wörter an den Kopf, das kannst du dir nicht vorstellen ... Er hat Geschirr zerdroschen und den Spiegel zertrümmert, es war ein Radau! Und sie bekam Angst, rief, was in ihn gefahren sei, und rannte raus. Viel hatte sie nicht an. Und sie kam zu mir gestürzt, ich stand gerade in der Tür, und sie fragte, ob sie bei mir telefonieren könne. Ich ließ sie telefonieren, was sonst, ich hatte ja keine Ahnung, wo sie anrufen würde, und es stellte sich heraus, dass sie den Rettungsdienst alarmiert hat! Mein Mann ist durchgedreht, hat sie denen gesagt, er hat Halluzinationen, er macht alles kaputt, er unterstellt mir irgendwas, helfen Sie mir, er bringt mich um! Und dann sind sie gekommen. In der Zwischenzeit saß sie bei mir. Sie war wunderschön, weißt du? Sie sah aus wie ein Filmstar, mit offenem Haar ... Sie saß da und starrte aufs Telefon. Ich brachte sie kaum zur Besinnung, zog ihr mein Kleid an, es reichte ihr gerade eben bis zur Taille, sie ist hundertmal größer als ich ... Ihr Mann hörte auf zu brüllen und fing laut an zu weinen, der ganze Hof hat's gehört, mir zerriss es fast das Herz, und sie saß einfach da. Dann kam der Rettungsdienst und gab dem Mann eine Spritze, sie haben ihn außer Gefecht gesetzt und mitgenommen. Wie einen Toten, so haben sie ihn abtransportiert. Mit dem Rettungswagen. Nur, dass sie ihn ins Irrenhaus gebracht haben, wie sich rausstellte.«

»Hast du nicht gesagt, er war nicht verrückt, sondern nur durchgedreht?«

»Ja, aber was wusste der Rettungsdienst schon? Du benimmst dich wie ein Verrückter – also bist du verrückt.

Beweis erst mal, dass deine Frau dich wirklich betrogen hat, noch dazu mit wem, auweia, auweia ... Wer sollte ihm das glauben, und wir, wie sollten wir das sagen? Sie behielten ihn da, gaben ihm Medikamente und dann, irgendwann, haben sie ihn wieder rausgelassen. Er kam nach Hause ...«

»Und die Lekwischwili?«

»Tja, die lebte weiter, genau wie immer. Auch jetzt lebt sie noch so. Woher sie das Geld hat, weiß der Teufel, sie spart an nichts, dieselt sich mit französischem Parfum ein.«

»Moment mal, ich kapiere es nicht.« Aleksi zweifelte an seinen Georgischkenntnissen. »Der Mann kam aus der Klapse und die Lekwischwili war immer noch seine Frau?«

»Ja. Ich hab gesehen, wie er zurückkam; er kam in den Hof und ging zur Treppe. Ich steckte den Kopf aus meiner Tür und sagte Hallo, aber er gab keine Antwort, war ganz gebeugt und so. Er stieg die Treppe hoch und verschwand in der Wohnung. Ich hatte totale Angst, dass er wieder ausrasten würde, und lief zu den Singers rüber, Gulnar kam auch raus, glaub ich, damals war sie gerade schwanger mit Nigo, sooo eine Murmel hatte die! Die hatte auch Angst und kam mit. Wir saßen da, mucksmäuschenstill, aber nichts. Es blieb still. Die Geschichte ist damals in Vergessenheit geraten, was gab's da zu reden, es wusste sowieso jeder alles. Saur hatte sogar gesehen, wie dieser Opernmensch in den Hof gekommen war, hat sich noch gewundert, dass der zur Lekwischwili hochgegangen ist, aber was soll's. Selber schuld, wenn er sich mit ihr eingelassen hat, stimmt's?«

»Hat er sich dann scheiden lassen?«

»Konnte er nicht«, seufzte Tamriko, »drei oder vier Tage nachdem er rauskam, ist er gestorben. Es heißt, sein Herz ist im Schlaf stehengeblieben.«

»Wart mal.« Aleksi schüttelte den Kopf. »Willst du damit sagen, die Frau hat ihn umgebracht?«

»Nein. Angeblich ist sein Herz wirklich stehengeblieben. Man mutmaßte, die Medikamente seien zu stark gewesen oder so was. Aber wenn du mich fragst, hat die Frau ihn umgebracht, klar.«

»Es sieht danach aus«, pflichtete Aleksi ihr bei. »Jedenfalls ist sie eine schöne Frau. Bestimmt älter als ich, aber trotzdem eine Erscheinung, stimmt's? Wie eine Königin!«

»Mag sein.«

Sie verstummten. Der Tee wurde kalt. Tamriko betrachtete Ninikos Porträt: Niniko sieht aus wie ein Engel und die Lekwischwili wie eine Königin – und ich?

»Warte mal«, sagte Aleksi erstaunt. »Und was hat das nun mit dir zu tun?«

»Was?«

»Na, du hast doch gesagt, wäre ich doch nur gestorben. Warum?«

»Ähm«, Tamriko setzte den Tee an die Lippen und dachte bedauernd: Der Zucker ist auch nicht mehr das, was er mal war, »ich habe sie anrufen lassen.«

»Wen?«

»Die Lekwischwili. Beim Rettungsdienst. Wenn ich gesagt hätte, das Telefon ist abgestellt, wäre ihr Mann nicht gestorben. Ich habe sie telefonieren lassen und er ist gestorben. Klar, er hat geschrien, gebrüllt, vielleicht hätte er die Lekwischwili ordentlich vermöbelt, aber er wäre nicht gestorben, da bin ich mir sicher. Was würde einen Menschen letztendlich umbringen? Leute sterben nun mal und das überlebt man und die Hurerei der Lekwischwili auch ... Hach!«
»Dann hast du sie halt anrufen lassen«, Aleksi lächelte sie an. »Du bist eben sehr lieb, Tamriko.«
Wenn du mich noch weiter anlächelst, werd ich verrückt, dachte Tamriko. Und dann bist du schuld. Falls du das überhaupt kapierst.

Papa auf Russisch, Opapa auf Georgisch

Nothing's gonna change my world,
Nothing's gonna change my world.
Nothing's gonna change my world,
Nothing's gonna change my world.

Across the Universe, The Beatles

Ein, zwei Jahre vergingen, und der Mann namens Aleksi Mensch wohnte schon mit dem Status eines Nachbarn mit vollumfänglichen Rechten am Revolutionärsplatz Nummer eins. Er hatte Freunde, Nachbarn, Geliebte – kurzum, er wohnte so, wie es sich für einen alleinstehenden Akkordeonspieler gehört. Und das Leben lief so dahin, gemächlich, unaufgeregt. Aleksi konnte sehr gut vergessen.

Aber dann passierte etwas, das sogar Aleksi wunderte und dem Revolutionärsplatz für einige Zeit ein Gesprächsthema bescherte.

Damals wohnte wieder eine Geliebte bei Aleksi, Tasiko oder wie Aleksi sie nannte – Anastasia, eine wunderschöne Frau.

Die adrette und immer zurechtgemachte Anastasia war außerdem gut drauf – stets lachte und kicherte sie, und wenn man ihr ein, zwei Gläser einschenkte, konnte sie schon mal die Gitarre mit dem Umhängeband, die der

Prokowjewna gehört hatte, in die Hand nehmen und mit leuchtenden Augen süß imeretische Romanzen singen, mit russischem Akzent, obwohl niemand sie je Russisch hatte sprechen hören – eigentlich konnte sie es gar nicht.

Anastasia hatte einen ehrenwerten Beruf – einen sauberen vor allem! –, sie war Krankenschwester. Zudem war sie eine gute Hausfrau, machte leckeres Essen und an ihrer blitzsauber gewaschenen Wäsche gab es für die Klatschweiber des Hofes nichts auszusetzen. Außerdem war sie verrückt nach Aleksi.

Kurzum, Anastasia tat allen gut.

Und dann lehnte eines warmen Abends Aleksi entspannt am Geländer seines Holzbalkons, kraulte Malula, die darauf saß, die Ohren und plauderte mit der im Hof am Wasserhahn herumwuselnden Tamriko – träge, unaufgeregt. Sie hatten nichts zu bereden, tauschten sich einfach gern nachbarschaftlich-freundschaftlich übers Wetter, den Frühling und Pläne für den Feiertag aus.

Aleksi vertrieb sich die Zeit, bis Anastasia von der Arbeit kommen würde, Tamriko machte Aleksi selbstverständlich schöne Augen.

»Wir sind wie Gina Lollobrigida und Gérard Philipe«, sagte Tamriko dahinschmelzend.

Tamriko freute sich, dass der Erste Mai so günstig lag – das bedeutete drei Tage frei. Auch Aleksi war zufrieden, Anastasia würde drei Tage frei haben und sie planten, aufs Land zu fahren, wo Anastasia eine betagte Großmutter hatte …

»Schön ist es jetzt in Imereti.« Tamriko, die in Tbilissi geboren, aufgewachsen und nie über das Okroqana-Viertel hinausgekommen war, seufzte kokett.
»Wahrscheinlich«, erwiderte Aleksi und wollte noch sagen, na ja, ich bin nie dort gewesen und habe eigentlich keine Lust, aber ich kann meiner Anastasia nicht das Herz brechen – als ein Mädchen durch die Toreinfahrt in den Hof trat. Offenbar war es ein Mädchen, sie sah aus wie eine Schülerin; sie zerrte ein noch kleineres – ein sehr kleines – Mädchen und einen dämlichen Koffer hinter sich her und fragte mit einer lauten und, wie Tamriko später erzählte, miserablen Piepsstimme unverschämt und dazu noch übertrieben russisch: »Wohnt hier Aleksi Mensch?«
»Das bin ich«, antwortete Aleksi von oben. »Was gibt's?«
Das Mädchen gab keine Antwort, schaute sich nach einer Treppe um, fand sie und lief darauf zu. Tamriko schaute fragend zu Aleksi hoch: Was gibt's? Aleksi zuckte mit den Schultern, ließ von Malula ab, richtete sich auf und ging dem Mädchen entgegen.
Das größere der Mädchen sagte: Ich hab was zu sagen. Aleksi: Ich höre. Das Mädchen: Nein. Nicht hier, lieber drinnen. Zu Tamrikos Leidwesen gingen alle drei ins Zimmer und sie bekam nicht mit, was dort passierte. Tamriko tigerte herum, was sollte sie sonst machen; ihr blieb nichts anderes übrig, als darauf zu warten, was Aleksi erzählen würde.
Aleksi sagte drinnen, setzt euch.
Das große Mädchen setzte sich an den Tisch, das kleine

rutschte an die Seite. Auch Aleksi setzte sich ebenfalls und fragte, worum es ginge.
Sie: Weißt du, wer ich bin?
Er: Keine Ahnung.
Das große Mädchen: Aber sicher doch.
Schweigen.
Aleksi: Sitzen wir jetzt hier und spielen Namenraten?
Später warf Anastasia ihm vor, wie konntest du sie nicht erkennen, und Aleksi wurde verrückt, wie hätte ich sie denn erkennen sollen? Er wusste genau, dass er sie nie mit eigenen Augen gesehen hatte. So kleine Mädchen schaute er nicht genauer an, allesamt hatte er sie nie angeschaut.
Dann rate mal, wie ich heiße, sagte das Mädchen.
Aleksi: Kann ich nicht.
Das Mädchen: Na gut.
Und sie lächelte irgendwie tückisch.
Sie schwiegen wieder. Dann sagte Aleksi, das langweilt mich ganz schön, und das Mädchen sagte, nun gut, und fing an zu erzählen. Und je mehr sie erzählte, desto schlechter ging es dem armen Aleksi.
Das Mädchen erzählte, sie sei sein, also Aleksis Kind, ein vollkommen rechtmäßiges Kind, mit Nachnamen Mensch - kaum zu glauben! - und legte ein Dokument auf den Tisch, welches über alle Zweifel erhaben war: einen Pass der Sowjetunion. Das Mädchen sagte weiter, sie sei nicht gekommen, um ihren Vater kennenzulernen und habe nicht wegen der Liebe zwischen Vater und Kind einen so weiten Weg auf sich genommen oder weil

es heiße, Blut sei dicker als Wasser, und das hier – sie wies auf das kleine Mädchen neben sich – sei ihr Kind, also Aleksis Enkelin, bitte schön, die Dokumente, und sie sei auch eine Mensch, obwohl ihr Vater kein Mensch gewesen sei, sondern ein Schwein, und auch Aleksi sei ein Riesenschwein, nichts für ungut, eben nur ein weniger großes, denn er habe damals zwar die Vaterschaft nicht zurückgewiesen, aber dennoch nie an seine eigene Tochter gedacht, das sei Fakt, oder?

Später grübelte Aleksi, wie er hätte an sie denken sollen, wenn er sich nicht an sie erinnerte, wie solle er sich an sie erinnern, sagte er, aber Anastasia weinte trotzdem und wiederholte unaufhörlich, wie könne er nur, wie könne er nur.

Das Mädchen berichtete Aleksi, dass ihre Mutter gestorben sei ...

»Ich erinnere mich absolut nicht an die Frau!«, schrie Aleksi die schluchzende Anastasia an.

... Aber wenn doch das Mädchen selber, das verwaiste, bedauernswerte, niemanden hat, der sich um sie kümmert und sie liebt ...

»Ich hab nicht gewusst, dass sie existiert, also wie hätte ich mich um sie kümmern sollen!«

... Aber wenn sich doch ihr Mann als Schwein herausgestellt hat ...

»Was soll daran meine Schuld sein?! Mach mich nicht wahnsinnig!«

Und deshalb hatte sie ihren teuren Vater gesucht, deshalb hatte sie sich die ohnehin schon aufgeriebenen Nerven aufgerieben und war den ewig weiten Weg mit dreimal Umsteigen gefahren, nur um ihm zu erklären: »Schau, was hier geschrieben steht. Guck. Der Vater von diesem Kind bist du. Hier, schau!«

Auf der Geburtsurkunde stand: »Sinaida Mensch, Tochter von Aleksi Mensch.«

»Vater oder Großvater?«, schluchzte Anastasia, »erklär mir mal, was bist du nun?«

Sinaida. Sina. Sinka.

»Sinka«, sagte Aleksi zu dem kleinen Mädchen. Jetzt erst schaute er sie genauer an: winzige Hände und Füße, aufgeschürfte Knie, zwei steife Zöpfe, oben mit weißen Nylonschleifen. Ein sehr kleines, sehr mageres, hässliches Mädchen – Sinka.

»Papa!«, piepste Sinka und fing, warum auch immer, an zu weinen.

»Weil die Verfluchte es ihr beigebracht hat«, entfuhr es Anastasia. »Sie hat's ihr beigebracht und dein verdammtes Herz wird weich!«

»Ja, Sinka«, antwortete Aleksi, »Papa auf Russisch, aber Opapa auf Georgisch. Verstehst du?«

Wer weiß, was Sinka verstand. Auf jeden Fall verstand ihre Mutter nichts, weil sie kein Georgisch konnte. Fest steht nur, dass das große Mädchen allein aus dem Haus ging, absolut sorglos, und in Aleksis Wohnung einen als »Badekoffer« bezeichneten, mit Kunstleder überzogenen Pappkarton zurückließ und die Dokumente auf dem Tisch, von denen Aleksi nur die Geburtsurkunde gesehen hatte, und ein sehr kleines Mädchen, Sinka Mensch.

»Wie alt bist du?«, fragte der wieder am Tisch sitzende Aleksi die wieder auf den Beinen stehende Sinka.
»Opapa«, erwiderte Sinka und erweichte das Herz des Opas.
Sinka konnte noch nicht gut sprechen; wie aus der Geburtsurkunde hervorging, war sie erst zweieinhalb Jahre alt, und um passende Antworten zu geben, sei es in einer ihr bekannten Sprache, war sie noch viel zu klein.

* * *

Kotiko hockte sich hin und reichte Sinka ganz vorsichtig die Zweifinger-Hand:
»Kotiko.«
Als Antwort fremdelte das Mädchen und versteckte sich hinter Aleksis Bein.
Kotiko stand auf. Sinka lugte wieder hervor.
»Jaaa ...«
»Sag ich doch ...«, sagte Aleksi.
»Ein tolles Mädchen ist das«, sagte Kotiko. »Ja, wirklich toll.«
»Ja, wirklich.« Aleksi fühlte sich offenbar geschmeichelt. »Ruhig, still, weder weint sie noch sonst was. Und hübsch ist sie auch, stimmt's?«
»Bloß eben ein Mädchen«, sagte Kotiko. »Weißt du überhaupt, wie man ein Mädchen erziehen muss? Du machst was falsch und dann ...«
»Was mach ich?«, grollte Tamriko, die aufs Balkongeländer gehüpft war. »Kann ich das etwa nicht?«

»Tamro«, hob Kotiko an, »du bist ein tolles Mädchen, das wissen wir doch alle ...«
»Als ob ...«, kokettierte Tamriko.
»Ja«, sagte Kotiko, »das bist du und wir wissen's. Aber du arbeitest, jeden Tag, und er« – er nickte Aleksi zu – »geht öfters abends weg und kommt morgens wieder, und das nicht aus bösem Willen, sondern weil er keine Wahl hat, er muss doch schließlich was essen! Zumal es ein Mädchen ist, es braucht also einige Sachen, Kleider, Puppen, was weiß ich ...«
Sinka, die sich mit beiden Händen am Hosenbein ihres Opas festklammerte, hörte sehr aufmerksam zu. Kotiko verstummte. Tamriko hörte auf, mit den Beinen zu baumeln. Alle drei schauten Sinka an. Sinka schaute zu ihrem Opa auf und grinste.
»Hach ...«, murmelte Kotiko.
Dann passierte etwas, das keiner jemals erklären konnte: Tamriko erhob die Stimme und sagte etwas, was man ihr niemals zugetraut hätte!
»Sie hat sich um Kopf und Kragen geredet!«, erzählte Kotiko, der am selben Abend zu Data gegangen war, um ihm die Neuigkeiten zu überbringen. »Yippie-yay! Mannomann, wie die abging!«
Tamriko hatte sich um Kopf und Kragen geredet. Warum, weiß kein Mensch, das wurde ihr selbst nie richtig klar: So viele Jahre hatte sie den Mund gehalten, warum ausgerechnet in dem Moment?!
»Wenn etwas in einen fährt, verliert man den Verstand«, erklärte sie Kotiko später in Tränen aufgelöst, und

Kotiko nickte brav, denn er hatte nach dem schicksalhaften Monolog Angst vor Tamara bekommen.
Und so war's: Tamriko hatte den Verstand verloren und Tamriko hatte das Wort ergriffen.
Tamriko fing an mit Anastasia und zählte dann jede Frau auf, mit der Aleksi irgendwann mal zu tun, die Aleksis Schwelle übertreten und von der er eventuell mal geträumt hatte. Die Männer trauten ihren Ohren nicht. Sinka streckte Aleksi die Arme entgegen – nimm mich hoch!
... Alle diese Frauen seien Nutten, billige Weiber und Baba Jagas gewesen ...
»Wer?«, fragte Aleksi erstaunt. »Wer denn, etwa Niniko?«
Es war wirklich mächtig in Tamriko gefahren, sie kriegte sich gar nicht mehr ein. Sie saß auf dem Geländer, baumelte mit einem Bein und machte Wellen! Ihrer Meinung nach hatte es Niniko nicht mehr geschafft, zur Baba Jaga zu werden, obwohl sie die Tochter dieser Schlampenmutter war ...
»He, he!« Kotiko hob die Arme. »Hier ist ein Kind!«
»He, he!« Sinka hob die Arme und freute sich.
»Warum war ich nur nicht dabei«, sagte Data geknickt.
»Lebt Tamriko noch?«
»Klaro«, erwiderte Kotiko amüsiert. »Aleksi hat Tamriko mit einem Einweckglas verfehlt, sie kratzte so schnell die Kurve, das kannst du dir nicht vorstellen! Tamriko und Malula fielen fast übereinander!«

Schwesterchen und Brüderchen

Мы, дети 60-ых, знаем и помним: В.И.Ленин в речи на III съезде комсомола указал на необходимость воспитания молодежи в сознательном и дисциплинированном труде.

Wir, die Kinder der 60er Jahre, wissen und verstehen sehr gut: W. I. Lenin wies in der Rede vor dem III. Komsomol auf die Notwendigkeit hin, die Jugend in bewusster und disziplinierter Arbeit zu erziehen.

Die Schönlinge saßen am Fuße des Kirschbaums und jammerten. Tamriko bereitete eine herrliche Festtafel: Sie legte eine Tischdecke über eine Kiste, stellte einen Salzstreuer in Form eines Gitarristen darauf, kam sogar mit einer Flasche kaltem Bordschomi-Wasser angewatschelt, aber die Schönlinge stöhnten, sie waren nicht gut drauf.

Malula tat so, als ob Tamrikos Tafel und die Doktorski-Brühwurst obendrauf sie absolut nicht interessieren würden.

»Komm, Tamri«, Kotiko schleppte sich herunter, »mach hier nicht so einen Wirbel.«

Tamriko war geschäftig und voller Energie. Sie platzte fast vor Tatendrang. Sie murmelte irgendwas, redete von Säufern und Hundesöhnen und wirbelte dauernd herum. Dauernd.
Den Schönlingen wurde schwindelig.
Malula hatte ihre Hoffnungen begraben, richtete den Schwanz auf und trollte sich zu den Singers.
»Na los, geh doch, damit dich nicht plötzlich einer füttert«, rief Tamriko ihr nach, »undankbares Vieh.«
»Setz dich, Tamriko«, polterte der frischgebackene Opa. »Das nervt.«
Tamriko wollte sich setzen, konnte aber nicht:
»Ich schau mal, wo das Kind so lange bleibt, wo ist sie denn hin, wohin habt ihr sie gehen lassen, was ist los, was ist denn?«
»Meine Güte, Tamriko«, hob Kotiko an, »jetzt hör doch mal auf, was willst du denn nur? Soll ich dir ein Märchen erzählen?«
Tamriko war erstaunt.
»Ja ja«, fuhr Kotiko fort, »wirklich. Bis dahin ist Sinka wieder da, dann sind wir fein raus, hm?«
Tamriko setzte sich neben Aleksi, zupfte das Kleid zurecht und legte die Hände auf die Knie, fing aber nach zwei Sekunden wieder an zu zappeln.
»Was, ein Märchen? Willst du nicht auf Sinka warten? Wer lässt denn auch so ein kleines Kind zu Gaiosa gehen! Ach, und Nigo wird verrückt, wenn du das ohne sie erzählst, du weißt ja, was für ein Kind sie ist und ...«
»Au Mann«, sagte Kotiko. Tamriko verstummte. »Na los.

Nur kurz. Es trug sich zu, dass der Herrgott und der heilige Petrus am Ufer des Mtkwari entlanggingen. Sie spazierten und sprachen über die Menschen und darüber, wie schwer es doch sei, sie auf den rechten Weg zu bringen.«

Tamriko sah Kotiko zweifelnd an und schwieg. Auch Kotiko verstummte.

»Und dann?«, fragte Data.

»Dann ...« Kotiko war offenbar doch nicht in Plauderlaune. »Dann, meine Tamriko, zeigte der heilige Petrus dem Herrgott am Flussufer eine schöne Frau. Die Frau lag am Ufer und wärmte sich in der Sonne.«

»Wo denn am Ufer?«, lachte Tamriko auf. »Wo soll denn dort ein Ufer sein, da ist nur Böschung!«

»Mach einer mit dieser Frau wenigstens mal einen Spaziergang in Mzcheta«, stöhnte Data auf, »die Arme!«

»Du hast ja ein Auto, aber wir ...?« Aleksi zuckte mit den Schultern.

»In diese Kiste setz ich mich nicht rein!«, nörgelte Tamriko. »Und außerdem war ich schon in Mzcheta und in Dschwari auch!«

»Na klar, Saurs Moskwitsch soll angesprungen sein, hab ich gehört!«, sagte Data amüsiert.

»Der Wind zerzaust mir meinen Schopf, meinen Schopf!«, säuselte Aleksi einen georgischen Filmsong. »He, Tamriko! Wieso sollte ich mir so was ausdenken?«

Tamriko war beleidigt. Kotiko seufzte.

»Du verstehst keinen Spaß mehr. Überhaupt keinen. Jedenfalls hab ich nur gesagt, dass am Mtkwari eine Frau

ausgestreckt lag, und dieser jungen, schönen Frau – und überhaupt denke ich jetzt, sie sah dir ähnlich, weißt du? – sah man an, dass sie fürchterlich betrübt war. Natürlich bleibt dem Herrgott nichts verborgen und er merkte bald, dass sie deshalb betrübt war, weil sie nichts zu tun hatte.«
»Die Arme ...«, sagte Data bedauernd. »Und was, wenn uns das Kind wirklich verlorengegangen ist? Und was treibt Nigo? Schickt sie raus, sie soll sie suchen!«
»... und so holte der Herrgott, der grenzenlos Gnädige, eine Handvoll Flöhe aus seiner tiefen Tasche, warf sie auf die Frau und sprach: Weib, Müßiggang ist aller Laster Anfang. Also los, geh die Sache an. Von dem Tage an ist es so: Wenn Frauen Langeweile haben, dann amüsieren sie sich mit Flöhefangen.«
»Haha!« Data war belustigt.
»Das, was du jetzt gesagt hast, hat mir gar nicht gefallen«, regte sich Tamriko auf »Wenn ich hier sitze, bei euch, wie ein Schwesterchen bei seinen Brüderchen, heißt das doch nicht, dass ich nichts zu tun habe ...!« Tamriko hob bedrohlich die Stimme. Sie wollte gerade lostoben, aber zu spät.
Von der Toreinfahrt her war ein Lied zu hören. Ein freches.
Tamriko verstummte. Die Schönlinge hoben den Kopf. Das Lied kam näher und Sinka trat in den Hof. Sie lief etwas schwerfällig: Gaiosa, dieser unmögliche Kerl, hatte ihr Schnaps in einer riesigen bulgarischen Weinflasche mitgegeben, und das gar nicht mal so große Mädchen hatte damit vorsichtig sein wollen. Die Flasche ging ihr

fast bis zum Hals, ab und zu reckte sie den Kopf und lugte darüber, damit sie den Fuß richtig aufsetzte, wie sie sagte, aber sie sang! Und wie!

Oh du schöne Asisa,
hast 'ne Fliege auf dem Arsch ...

Dem Schwesterchen und den Brüderchen verschlug es die Sprache.
Auf dem Gesicht der kurz verblüfften Sinka machte sich Zufriedenheit breit. Sie stellte die Flasche auf die Kiste, breitete die Arme aus und verkündete dem Hof:

Oh du schöne Asisa,
hast 'ne Fliege auf dem Arsch.
Steh auf und verscheuche sie,
sonst bin ich der Ohnmacht nah ...

»Was hat sie gesagt?«, rief Tamriko.
»Na, was wohl!«, brüllte Data im Stile eines waschechten Unteroffiziers. »Sie singt! Mann, sie singt! Weiter so, Sinka!«

* * *

Datas Frau zögerte nicht lange, tauchte im Hof des Revolutionärsplatzes Nummer eins auf und »entfesselte einen Hurrikan«: Sie sprengte die Gesellschaft der Schönlinge, stürzte Data ins Unglück und nahm ihn fluchend mit nach Hause.

Der Opa wurde betrübt und trollte sich zum Schlafengehen.
Der Hof verstummte.
Tamriko wusch am Wasserhahn Geschirr ab und summte vor sich hin: »Oh du schöne Asisa ...« Auf Opas Balkon, auf der alten Ottomane, blieben nur noch Kotiko und Sinka übrig.
Vom Fenster der Lekwischwili strömte der Geruch von in Butter gebratenen Kartoffeln herüber. Der jüngste Spross der Singers quälte sich so erbärmlich mit dem »Türkischen Marsch« ab, dass Tamriko nicht mal schimpfen konnte – das Herz tat ihr weh.
Sinka war furchtbar stolz und fragte Kotiko alle drei Minuten: »Es war wirklich gut, stimmt's? Es gefällt euch, stimmt's? Nimmt er mich wirklich mit? Suuuper, Kotiko, oder?«
»Husch!«, rief Tamriko Malula zu. »Verschwinde!«
Super, Sinka. So super, besser geht es nicht. Er nimmt dich ja sowieso mit, was willst du noch? Wir nehmen dich doch alle immer mit, er und Data und ich auch. Und ab jetzt wird er dich umso mehr mitnehmen. Ich verrate dir noch was, am Ende wirst du sagen: Nur nicht mit dem Zug, aber sonst womit du willst!
Sinka würde das niemals sagen. Sinka liebte den Zug.
Was denkst du, wird er mir das Raviata-Spielen beibringen? Oder hat er das nur gesagt, weil er betrunken war? Ich bin nicht klein, er war selber so alt wie ich, als er es gelernt hat. Und wenn schon, dafür bin ich viel kräftiger. Wirklich. Er hat mir selber gesagt, dass er in mei-

nem Alter ständig Hunger hatte und скелет сто лет[1]...« –
»Dann komm ich also rauf, ja?«, rief Tamriko vorsichtig hinauf. »Ich kann ja sowieso alles mithören.«
»Komm hoch!«, rief Kotiko runter. »Komm hoch, ich erzähl dir ein Märchen.«
Tamriko kam hoch, setzte sich auf das Geländer und spielte beleidigte Leberwurst.
»Lass es, ich mag deine Märchen nicht. Absolut nicht. Und rede leise, der Mann schläft ...«
»Ach was, er hat sich herumgequält, er konnte kaum einschlafen«, sagte Kotiko lachend. »Ich erzähl es doch nicht dir, sondern Sinka. Aber wenn du schon mal hier bist, kannst du auch mithören.
Es war einmal vor langer, langer Zeit, da lebte irgendwo, ich glaub, in England, ein alter Mann. Er arbeitete in der Kirche – er läutete die Glocken, und wenn es nötig war, kümmerte er sich um den Friedhof, und wenn es sein musste, hob er Gräber aus. Er wohnte zusammen mit seiner Schwester in einem kleinen Haus bei der Kirche und hatte einen sehr hübschen Kater, kohlrabenschwarz, mit einem weißen Latz, und dieser Kater hieß ...«
»Malula«, sagte Sinka bestimmend.
»Fast. Er hieß Alter Tom.«
»Was für ein Name«, plapperte Tamriko dazwischen.
»... Eines Tages, im Winter, starb jemand und der alte Mann ging, um das Grab auszuheben. Die alte Frau und der Alte Tom blieben zu Hause und setzten sich

[1] Ein hundertjähriges Skelett.

ans Feuer. Es wurde dunkel, der Teekessel kochte, aber der alte Mann tauchte immer noch nicht auf. Plötzlich stürzte er herein, aufgewühlt, und schrie: Alte Frau, wer zum Teufel ist der Alte Tom? Es war so ein Anblick, dass der Frau und dem Kater beinahe die Augen rausfielen. Was ist denn mit dir los?, fragte die alte Frau. Der Mann wiederholte immer wieder: Was hab ich da gesehn, was hab ich da gesehn! Eine unglaubliche Geschichte!«

»Brüll nicht so!«, schimpfte Tamriko. »Der Mann schläft.«

»Ich jag dich gleich weg, Tamara«, drohte ihr Kotiko. »Du bist zwar mein Schwesterchen im Geiste, so viel muss ich dir nicht sagen, aber lass mich doch mal ausreden! ... Jedenfalls sagte die Frau: Setz dich hin, was ist denn passiert? Der alte Mann wollte nichts lieber als sich hinsetzen, und obwohl der Teekessel anfing, auf dem Feuer zu springen – ach übrigens, Tamriko, hast du nicht einen Tee für uns?«

»Und dann?«, fragte Tamriko.

»Na gut. Kurzum, der alte Mann hockte sich neben die alte Frau, zu seinen Füßen machte es sich der Alte Tom auf dem Teppich bequem. Und der alte Mann erzählte: Da bin ich also allein und buddle ein Grab, morgen soll ein Mann begraben werden. Ich stehe im Loch, werfe die letzten Schaufeln Erde raus, und plötzlich höre ich: Miau! Miau! – Miau! Miau!, antwortete der Alte Tom. – Ja, genau so!, fuhr der alte Mann fort. Ich schaue auf und was seh ich da? Was denn?, fragte die alte Frau. Was ich seh? Neun schwarze Katzen, alle haben einen weißen

Latz, genauso wie der Alte Tom. Und konntest du erkennen, was sie gemacht haben? Sie trugen einen kleinen Sarg, der mit schwarzem Samt bedeckt war, und auf dem Samt war eine goldene Krone. Sie gingen langsam und bei jedem dritten Schritt riefen sie Miau!«

»Wie furchtbar«, sagte Tamriko. »Was erzählst du da?«

»Und dann?«, fragte Sinka.

»Und dann ist es so, dass ich Tamriko nie, nie wieder etwas erzählen werde«, sagte Kotiko verärgert, »weil sie eine undankbare Frau ist. Ich sitze hier, amüsiere dich ...«

»Und dann?«, wiederholte Sinka.

»Was – und dann?«

»Sie riefen Miau, und dann ...?«

»Ähm, ach ja, Miau ... Ja! Und der alte Mann erzählte weiter: Als sie ganz nahe herankamen, was seh ich da? Acht Katzen tragen den Sarg und die neunte, das war die größte, tritt stolz vor und, weißt du, sie glich dem Alten Tom wie ein Ei dem anderen. Dann kamen sie näher und näher und riefen bei jedem dritten Schritt: Miau!«

»Miau!«, antwortete Alter Tom.

»Miau!«, antwortete Sinka.

»Ja, genau so«, pflichtete Kotiko ihr bei. »Sie kamen zum Loch. Ich schau sie an, und sie halten an und starren mich an. He, alte Frau! Schau dir den Alten Tom an! Genauso haben die mich auch angestarrt. Und der alte Mann fuhr fort: Die, die voranging, stellte sich vor mich hin und sagte ... Ja ja, ich schwör's, sie sagte, ich sollte dem Alten Tom ausrichten, dass Alter Tim gestorben sei, was soll ich da machen, hm? Wie soll ich Tom sagen, dass

Tim gestorben ist, was weiß ich denn, wer zum Teufel der Alte Tim war?«

»Eine Katze, stimmt's?«

»Ja, Sinka, aber der alte Mann wusste doch nicht, dass er in einem Märchen ist, welche Katze erzählt einem schon im echten Leben irgendwas? Aber diesmal schrie die alte Frau los: Mensch! Guck dir den Alten Tom an! Schau mal! Und es war wirklich sehenswert. Der Alte Tom richtete sich auf, wurde betrübt, sein Fell stand ihm zu Berge, er plusterte sich auf das Zweifache auf, wenn nicht sogar noch mehr, und riss plötzlich die grünen Augen auf. Auch das Geschwisterpaar riss die Augen auf, und der Alte Tom – ich schwör's! – polterte: Der Alte Tim ist gestorben, hat sie gesagt? Dann bin ich der König aller Katzen geworden! Er sprang in den Kamin und ward nicht mehr gesehen.«

Von der offenen Tür her war Opas Stimme zu hören:

»Але, босота! Hurra, ihr Straßenkinder! Der König ist tot! Es lebe der König!«

»Jetzt ist er doch aufgewacht«, sagte Tamriko resigniert. »Das habt ihr euch jetzt alles selber zuzuschreiben.«

Bildung ist Licht

Ein mal eins und vier mal vier,
gelernt mit Qual und Herzeleid,
stolz ist nun auf meine Klugheit
Stalin – dort und Chruschtschow – hier.

Volkslied

So war es und so ging es weiter, das Leben lief, ohne Eile, ohne Aufregung. Ständig passierte irgendetwas, jedoch nichts, was Aleksi Mensch und seine Sinka aus der Ruhe gebracht hätte. Sie hatten ein sehr schönes Leben.
»Das haben wir uns endlich verdient«, urteilte der Opa. »Ist es nicht so?«
Aleksi spielte und sang, und auch Sinka sang. Bis zur Schulzeit war sie stets mit ihrem Opa zusammen, sah Graslandschaften, Kirchen mit goldenen Kuppeln, sang für Matrosen, überschritt sogar das Uralgebirge. Wo schleppt dich dieser Mann denn nur hin?! Ach, Tamriko, Dinge kann ich dir erzählen! Sie streiften herum, sangen und dann erzählten sie – manches war Lüge, manches Wahrheit, aber immer war es etwas Gutes, denn es passierte nichts Schlechtes, niemals.
»Dort gibt es eine Straße und die heißt so: Bratskaja. Das bedeutet ›brüderlich‹« – Sinka redete hastig, sie hatte Angst, ihre Zuhörer zu verlieren, außerdem hörten Te-

miko und Suriko zu, die waren nämlich schon in der Schule, große Jungs! – »und die Gehsteige sind aus Holz, aus Brettern, wirklich! Stimmt's, Opa? Und als wir ankamen, haben wir in der Straße gewohnt, und hier war es ja nicht kalt, aber dort war es sehr kalt, dauernd war mein Kinn faltig, so kalt war es! Und Opa hat mein Gesicht durchgeknetet, damit mir nicht die Nase abfällt. Wirklich! Bei Frost kann die abfallen, wirklich! Stimmt's, Opa? Klar, ich hab ihn auch durchgeknetet, dem Opa sollte ja auch nichts abfallen!«
Zur Belustigung von Suriko und Temiko zog Opa Sinka an der Nase und Sinka den Opa, und Tamriko murmelte: »Ich fress 'nen Besen, was wissen die beiden denn schon.«
»Auf der Bratskaja gab es eine Wasserpumpe«, fuhr Sinka fort, »das wisst ihr doch, oder?«
Suriko und Temiko hatten das nicht gewusst.
»So eine –«, Sinka versuchte, das vorzuführen, aber es gelang ihr nicht. »Stimmt's, Opa? Opa, sag du's ihnen!«
Und dann erzählte Aleksi, dass die Wasserpumpe eingefroren war und alle Frauen der Straße sie belagerten, sie aber nicht bewegen konnten.
»Und Opa weiß ja alles und Opa ging hin ...«
... Und als das Wasser wieder floss ...
»Seht ihr, wenn er nicht gekommen wäre ...«, plapperte Sinka selbstgefällig, »man muss langsam heißes Wasser drübergießen und laaangsam, seht ihr, so ...«
... Die Frauen der Bratskaja luden Aleksi und Sinka zum Abendessen ein.

Ich kann nicht mehr, dachte Tamriko, die Bratskaja-Frauen. Ich kann nicht mehr!
»Guckt mal, an so einem großen Tisch haben alle gesessen, in der Mitte war Brot und irgendwas in Schüsseln, so was wie Bohnen, nur anders ...«
»Erbsen nennt man das, glaub ich, oder Kichererbsen«, präzisierte Aleksi, »sehr lecker.«
»Und die Bratskaja-Frauen haben Schnaps hingestellt und den haben wir alle zusammen getrunken!«
»Wie bitte?!« Tamriko war vor den Kopf gestoßen.
»Du hast Schnaps getrunken?«, fragte der kleine Temiko skeptisch.
Nein, wie sollte Sinka denn Schnaps trinken, der Opa hat welchen getrunken. Mach mal halblang, Tamriko, was ist denn in dich gefahren?
»Wartet, eins noch: Danach, als die Frauen getrunken und gegessen hatten, fingen sie an zu singen, auf Russisch, und Opa hat zu mir gesagt, los, Sinka, sing mit!«
»Und Sinka hat vielleicht gesungen, Jungs und Mädels, das hättet ihr hören sollen!«
Sinka saß gekrümmt da und Aleksi saß gekrümmt da – sie warteten darauf, dass die anderen sagen würden, lasst mal hören, wie Sinka gesungen hat, und Temiko, Suriko und Tamriko warteten gekrümmt darauf, dass Aleksi die Raviata holen und Sinka vorsingen würde, was die Bratskaja-Frauen gesungen hatten, irgendein neues Lied, ein unbekanntes, sehr schönes.
»Ach, Opa, herrlich leben wir, stimmt's?«
Aber dann hatte sich der große Rat versammelt: die

Schönlinge und Tamriko, ebenso die kleine Sinka und die kleine Nigo von nebenan, auch Gulnarowna genannt, mit je einem halben Stimmrecht. Und es wurde einstimmig beschlossen, dass Schule nichts besonders Erfreuliches sei und Reisen hundertmal besser als Schule – das weiß jeder, aber jeder weiß auch, dass Bildung Licht ist, Ungebildetheit jedoch Stockfinsternis, und eines ersten Septembertages wurden Nigo und Sinka von einer großen Delegation in die Schule gebracht.

Die Mutter Gulnar war sehr aufgeregt, und dafür konnte sie niemandem die Schuld geben, es war wirklich eine aufregende Angelegenheit, denn Nigo war umwerfend schön – »Meine Nato Watschnadse[2]!« – und furchtbar schüchtern, sie hing die ganze Zeit an ihrem Rockzipfel.

»Was für ein Schicksal«, befand Tamriko. Sie und Data hatten sich in der Nähe postiert, bei der großen Platane, und von dort die Feier vor der Schule verfolgt: weinende Kinder, verärgerte Lehrerinnen und aufwändig herausgeputzte, verbitterte Eltern. »Wenn du aus irgendeinem Grund mit fünf Jahren Bücher liest, das Einzelkind der Nation bist, die dumme Gulnar zur Mutter hast und dein Vater ein Dummkopf und Lkw-Fahrer ist …«

»Also, Sinka hat weder Mutter noch Vater, und wenn du mich fragst, je weniger Idioten sie begegnet, umso besser«, beruhigte Data sie. »Es reicht doch, dass sie einen Frauenhelden und Akkordeonspieler zum Opa hat, eine belehrende, alberne Tamriko und eine Busenfreundin

[2] Georgische Schauspielerin (1904–1953), Anm. d. Ü.

Nigo. Und wenn schon, hat sie was auszustehen? Mach mal halblang, Tamriko! Wollen wir Eis essen? Eskimo Schokoeis?«

»Hast ja recht.« Tamriko gab nach. »Ja, Eis ist gut! Oh ja, Eis!«

Tamriko wickelte das Eis aus dem Papier, betrachtete es kritisch und legte sogar ihren Finger darauf.

»Ich glaub, die waren früher größer ... Aber du hast recht. Ich hätte also total verloren sein müssen, und bin ich etwa nicht erwachsen geworden, hab keine Bildung bekommen, oder was?«

»Exakt«, stimmte Data zu, »die Schule abzuschließen ist doch immerhin schon eine Leistung, stimmt's?«

»Hast du Schule gesagt?« Tamriko hielt verärgert im Eisschlecken inne. »Was heißt hier Schule? Für wen hältst du mich denn?«

Data wunderte sich ehrlich, womit er Tamriko so furchtbar verletzt haben könnte.

»Was?«, brauste Tamriko auf, »Ich bin ja wohl keine Achte-Klasse-Abgängerin! Ich hab das Technikum abgeschlossen! In Leichtbauindustrie!«

»Was du nicht sagst!« Data horchte auf. »Und wie kam dir das Putzen in den Sinn?«

»Putzen ist ein super Job. Hingehen, fegen, wieder heimgehen. Mehr braucht's nicht. Wenn einem was nicht gefällt, spuckt man auf den Teppich und schon war's das. Du hast keine Ahnung, Data, was das ist, eine Fabrik. Es ist die Hölle, eine Kolonie. Protokollierung. Nur Mädchen! Frauen! Ausschließlich! Und dam-dam-dam, unaufhörlich, die ganze Zeit, und der Faserstaub, und es ist heiß, ständig heiß! Mittagssuppe, Fettaugen schwimmen darin herum ... Data, ich wurde von Mutter und Vater so geliebt, dass sie mich, selbst wenn ich ihnen ins Auge fallen würde, nicht herauswischen würden, Vater nannte mich Frau Tamar, und weißt du, wie bitter das ist, keine Mutter da, kein Vater, niemand, nur die Nähmaschine und der Schichtleiter und dam-dam-dam! Das erste halbe Jahr hab ich nach der Schicht wenigstens gebadet und konnte so einschlafen, später hatte ich keinen Nerv mehr und schmiss mich gleich hin, wie tot, und dann, nachdem ich mir zwei Monate lang die Haare nicht gewaschen hatte, bin ich rüber in Gaiosas Frisiersalon gegangen und sagte: Mach das ab! Der drehte durch, der Gaiosa, nein, nein und nochmals nein, und als ich nach Hause kam, hab ich's selber gemacht, ohne viel Federlesens, und ich bin monatelang mit Wollmütze rumgelaufen, sogar in der Sommerhitze. Ich bin kaputtgegangen in dieser Fabrik, Data, ich bin wirklich kaputtgegangen, hätte die Prokowjewna das nicht bemerkt, wer weiß, was mit mir passiert wäre, und einmal schrie sie sogar: Das Kind stirbt! Das ganze Viertel war auf den Beinen! Und sie schleppte mich zum Arzt, mit Gewalt, und ich wurde untauglich geschrieben. Auf der Stelle. Der Typ leuchtete mir in die Augen, schlug mir den Hammer vors Knie und sagte: Es hat sich erledigt mit deinem Proletarierdasein. Macht dir keine Sorgen, iss nicht scharf und sauer und fahr in den Urlaub. Als die Prokowjewna das hörte – Gewerkschaft, Gesundheitswesen, Verfassung – schlug sie erst die Poliklinik kurz und klein, dann die Fabrik, und schickte mich dann einfach so – sie hat nicht mal gefragt – für drei Wochen nach Okroqana, auf die Datsche von irgendeinem Kleinganoven, blaue Fliesen und ein Fernseher und ich wurde gesiezt. Erst hab ich geschlafen, aber später bin ich vor Langeweile gestorben. Sie kam alle zwei Tage hoch, schleppte Diätessen an und fragte mich so oft, ob sie stören würde, dass ich fast durchgedreht bin. Ach, Data, mein Guter. Du bist zu beneiden. Immerhin hab ich's überlebt, hab sogar Invalidenstatus, schließlich bist nicht nur du invalide! Hahaha! Junge, diese Sinka wird sicher zu was taugen, und sollten wir das arme Mädel nicht pünktlich nach Hause bringen? Sonst schließt sie noch das Technikum ab und wird irgendwohin geschickt, nach Iwanowo, fein, und sie ruft dann Segel, Anker, Meer ... Wenn ich das jetzt so sehe, war ich damals wirklich tot. Ich habe mich nicht mal bei der Prokowjewna bedankt. Sie hat mich doch gerettet. Aber ich war undankbar. Ich konnte die Prokowjewna nicht ertragen und auf Niniko war ich auch nicht besonders erpicht. Sie waren hochnäsig, die eine ständig verärgert und die andere lächelte ständig, auf so eine Art, ich sag dir eins, ich bin nicht dankbar gewesen, sondern tot.«

Ich war tot, bis Aleksi gekommen ist, dachte Tamriko. Ich war nuttig und tot.

»Na los, Tamriko«, bat Data, »trippel mal auf deinen zwei hübschen Beinen rüber und frag die Typen, ob wir das ganze Leben lang hier rumstehen sollen! Und wenn

du das Papier und die Stiele wegschmeißt, bring ich dir zu Neujahr Dschandschuchi[3] aus Gurien mit.«
»Was?«
»Na los, los, ich erklär's dir später. So aus dem Stegreif kann ich dir das nicht sagen, diese Dschandschuchi sind eine sehr ernste Angelegenheit.«

[3] Aufgefädelte Nüsse in getrocknetem Traubensaftbrei, ähnl. *Tschurtschchela*, Anm. d. Ü.

Du, mein Sonnenschein

> Ich, Sinka Mensch, trete in die Reihen der sowjetischen Pionierorganisation ein und gelobe feierlich: Ich werde mein Vaterland innig lieben, so leben, lernen und arbeiten, wie es uns der Große Lenin überliefert hat und wie es uns die Kommunistische Partei lehrt.

Sinka machte uns alle Ehre, Nigo konnte es nicht rechtmachen.
Sinka lernte schlecht ...
»Sie ist eine Nachzüglerin und eine Dreierschülerin!«, beschwerte sich Tamriko.
... Wenigstens sang sie im Schulchor ...
»Welche Stimme hast du gekrächzt?«, schalt Tamriko sie nach dem Konzert. »Nur du warst zu hören, ständig. Hat dir dieser Dirigent, oder wie der heißt, nicht gesagt, dass du brummst?«
»Doch«, sagte Sinka lachend, »er ist mächtig böse geworden, haha!«
»Und dann?«
»Was – und dann? Hat Opa sich das etwa nur ausgedacht, dass ich gut singe?«
Tamriko wurde wütend, aber der Opa war stolz. Dem

Opa hatte alles gefallen, Sinka hatte immer recht, Sinka machte alles richtig, Sinka war ein Sonnenschein.
Und später im Sportunterricht wurde sie als Erste in die Reihe bei den Mädchen gestellt, weil sie eines Sommers plötzlich von den Gastspielreisen braungebrannt und aufgeschossen wiederkam, »schwarz wie Asphalt und ungeschickt« – diese Bemerkung kam natürlich von Tamriko –, aber zum Glück hatte der Opa das nicht gehört. Es wurde diskutiert, debattiert, und Sinka fing mit Handball an und spielte super ...
»Warum zum Teufel Handball und nicht Basketball, hm? Du sollst nicht vor allen Leuten die Beine übereinanderschlagen«, ermahnte Tamriko Sinka, »sonst sieht jeder, welche Schuhgröße du trägst.«
»Mach mir das Mädchen nicht schlecht«, sagte Aleksi. »Sinka ist wunderschön und groß und gut gebaut, deshalb hat sie große Füße. Verstanden, Mädel?«
Tamriko verstand und weinte in jener Nacht so viel, dass sie nicht mehr gesellschaftsfähig war.
Nun, Nigo lernte zwar hervorragend, war aber still. Sie war immer still. Solange sie nichts gefragt wurde, sagte sie keinen Mucks, und genauso wie sie früher Gulnars Schatten gewesen war, war sie jetzt Sinkas.
»Ich seh hier kein Problem«, sagte Data zur Lehrerin; er war mit dem Status als Sinkas Erziehungsberechtigter gekommen und sollte auch in Erfahrung bringen, wie es mit Nigo lief. »Nigo ist ein sehr gutes Mädchen. Schauen Sie doch mal, haben Sie etwa schon viele so schöne Mädchen gesehen? Ich kein einziges, nur sie.

Und sie ist so sanft. Nigo wird von niemandem gekränkt. Verstanden?«
Die Lehrerin verstand und merkte sich das bis in alle Ewigkeit. Überaus eindrucksvoll anzusehen war er, der krückenbewehrte, säuberlich rasierte, ordengeschmückte Data.
»Bei ihr hat's geholfen«, stöhnte Data, »bei meinen Jungs nicht. Wegen denen gehe ich nicht mehr in die Schule, es ist mir peinlich.«
»Meine Lieblinge!«, jubelte Kotiko.
»Sie haben die Direktorin zum Weinen gebracht«, stöhnte Data.
»Ist sie eine Memme oder die Direktorin? Wie können einen kleine Jungs zum Weinen bringen, hm? – Was hätten Temiko und Suriko denn anstellen können, damit Kotiko mal nicht entzückt ist? – Guck mal, unsere Tamriko hat nicht mal Angst vor Wölfen, geschweige denn vor Mäusen, stimmt's, Tamriko?«
Ja, stimmt, vor Mäusen hab ich tatsächlich keine Angst, auch nicht vor Ratten und Wölfen, aber wo soll ich denen schon begegnen, verrat mir das mal, aber wenn Sinka ins Arsenal-Viertel zu den Eisenbahnen mitgeht, dann habe ich richtig Angst. Klar, sie sind große Jungs, aber Sinka ist kein großer Junge, und dort sind Züge, sie springen darunter herum, und Aleksi hat sie mir anvertraut. Aber genau deshalb gehen sie doch dorthin, weil da Züge sind, das ist toll! Und du, bist du etwa nie dort gewesen? Na also, was willst du. Straßenbahnen sind außerdem genauso gefährlich, soll sie deshalb nicht mehr auf der

Straße rumlaufen? Mach mal halblang, hast du nie auf den Gleisen Fünf-Kopeken-Stücke plattgemacht? Na gut, dann eben Drei-Kopeken-Stücke ... Und dass du gelernt hast, musst du ja nicht sagen. Und dass Nigo noch was lernt ...

Nigo las »Vendetta« und weinte. Sie war in Tränen aufgelöst.

»Das ist furchtbar ungerecht«, schluchzte Nigo, »absolut furchtbar.«

Wie Nigo zum Lesen gekommen war oder wer sie dazu gebracht hatte, wurde nie ganz klar. Gulnar hatte so was nie gemacht, alle wussten, dass Gulnar nicht mal das Fernsehprogramm lesen konnte, selbst wenn sie sich viel Mühe gegeben hätte, genauso wie alle wussten, dass Nigo mit niemand anderem befreundet war außer: »Mamaaa!«

Von Anfang an hatte Gulnar den Verdacht, die Singers hätten sie »versaut« – sie hatten an die hundert Kinder, eigene Kinder sowie Enkel und Neffen und Nichten brüderlicher- und schwesterlicherseits – hurra! Sind die Deutsche oder Chinesen, hm? Und alle hundert lernten ständig, kratzten auf der Violine herum, quälten sich ständig mit den Etüden von Czerny ab – sogar Gulnar wusste, dass sie Etüden von Czerny spielten, schon die zweite Generation, die Etüden von Czerny spielte, unerträglich! Aber es muss auch gesagt werden, dass die Singers mit niemandem Kontakt hatten, weder die alten noch die jungen Singers interessierten sich für Nigos Erziehung. Überhaupt waren sie seltsame Leute.

Eben wegen jenen Singers begann am Revolutionärsplatz Nummer eins etwas, dem am Anfang keiner wahnsinnig viel Aufmerksamkeit schenkte, aber später dachte Sinka, schau an, zu Unrecht. Wenn damals schon bei ihnen die Alarmglocken geschrillt hätten, wer weiß, vielleicht wäre die Sache anders verlaufen, und zwar nicht nur am Revolutionärsplatz, sondern insgesamt, aber wer weiß schon, was passiert, wenn eins zum andern kommt ...

»Umso besser, dass keiner weiß, was ihn erwartet«, sagte Kotiko einmal. »Wenn man wüsste, was das Leben für einen bereithält, würde man sich am selben Tag noch im Mtkwari ertränken.«

Jedenfalls bekam damals niemand etwas mit, und als die Singers zwei Zimmer verkauften – an für sich eine unerhörte Sache, aber irgendwie schafften sie es –, bestand die einzige Sorge des Hofes darin, dass der neue Besitzer der Zimmer anfing zu renovieren, laut, dreckig und endlos. Dementsprechend krakeelte Tamriko, sie könne die Wäsche nicht mehr aufhängen, weil von oben Gips runterkäme. Das stimmte nicht: Staub – na gut, ja, aber Gips? Nein. Und Saur brüllte, die machen mir mein Auto kaputt!

»Wie soll das denn gehen?«, schrie Tamriko. »Schau mal, da sind ihre Fenster und dort steht deine Schrottkarre!«

... Den armen, eingeschüchterten Arbeitern erklärte die Lekwischwili bei jedem Rein- und Rausgehen, dass sie absolute Unmenschen seien ...

»Warum, warum denn, Frau Lekwischwili?«

... Und schließlich war Aleksi wegen des Tohuwabohus

der Kragen geplatzt, er setzte sich, warum auch immer, für die Arbeiter ein und sagte etwas auf Russisch zur Lekwischwili, das jeder hörte, aber keiner außer der Lekwischwili verstand:
»Ihr Preis, Madame, sind drei Rubel auf Ihrer eigenen Matte.«
Die Lekwischwili war verstummt. War bleich geworden. Der Hof hatte den Atem angehalten. Die Lekwischwili, die sonst sehr hübsch herausgeputzt offenbar in feinsten Kreisen verkehrte, hatte sich umgedreht und war mit hängendem Kopf ihre Treppe hinaufgestiegen. Danach schwor Tamriko, habe sie Sturzbäche geweint.
»Was hat er zu ihr gesagt?«, fragte Nigo Sinka flüsternd.
»Weiß nicht.« Sinka zuckte mit den Achseln. »Aber recht hatte er.«
Wenn Sinka ein Sonnenschein war, dann war Aleksi die Sonne aller Sonnen, der Opa aller Opas, der klügste, größte, gutherzigste und beste. Und die Schönlinge waren die schönsten. Überhaupt drehte sich die Erde nur deshalb, weil alle so schön und gut waren.
Aber manchmal, nachts, wenn der Opa hinter dem Wandschirm im Bett der Prokowjewna schlief, befielen Sinka, die auf der hereingeholten Ottomane lag, mit Einbruch des Winters schlechte Gedanken, und weil sie doch noch ein kleines Mädchen war, konnte sie sie schwer verdrängen. Sinka schaute auf den Wandschirm, den ein Gemälde der Zerstörung Pompejis zierte – »Wer ist nur auf diese verrückte Idee gekommen? Wieso malt man ein Massaker?« Der Opa trennte sich niemals von Ninikos

Sachen. Jedenfalls schaute Sinka auf ein aufgebäumtes Pferd, vor Angst wahnsinnige Menschen, den unheimlichen roten Feuerschein, den man im Dunkeln nicht erkennen konnte, aber Sinka wusste ja, dass er da war, und sie fürchtete sich. Auch Ninikos Porträt war von der Ottomane aus nicht zu erkennen, aber Sinka sah selbst dieses und grübelte darüber nach, dass es ein Mädchen gegeben hatte, Niniko, auf dem Gemälde in ihrem Alter, und dass das Mädchen jetzt tot war, die Niniko. Sinka wusste, es war in der Regel so: Menschen sterben früher oder später, und sie hatte fürchterliche, unmenschliche Angst davor, dass ihr Herz stehenbleiben würde. Dass der Opa als Erster sterben würde. Was mach ich denn dann? Vielleicht sollte ich zuerst sterben. Aber dann leidet Opa, und das ist noch schlimmer. Also sollte ich wieder leiden ... oh weh, nein! Sinka konnte nicht weinen, Sinka litt, Sinka hielt die Hände über den Kopf, damit die schlimmen Gedanken nicht kreisten. Oh weh, Opa, du darfst nicht sterben!

Aber dann, völlig unerwartet, tat sich beim total verhassten Zivilverteidigungsunterricht für Sinka ein Ausweg auf. Sie begriff, was sie retten würde: eine Atombombe! Eine Explosion! Und alle würden gemeinsam gehen, die Schönlinge, Opa, Nigo, Tamriko ebenso ... Ja, eine Atombombe. Eine Explosion, ein riesiger Pilz.

»Darüber hab ich noch gar nicht nachgedacht«, erklärte Nigo, »ich glaub, das ist das Beste. Wir müssen bloß ins Epizentrum geraten.«

»Epi... was?«, fragte Sinka.

»...zentrum. Es muss uns von oben treffen, sonst quälen wir uns sehr.«
Es gibt keinen Ausweg, dachte Sinka, und Gerechtigkeit ebenso wenig.

Leb wohl, Stadt

> Schawleg, deine schwarze Tschocha, o Schawleg[4]...

»Es gibt keinen Ausweg und Gerechtigkeit ebenso wenig«, verkündete eine Frau gegenüber Tamriko, die gerade aus dem öffentlichen Bad kam und diese Frau noch nie gesehen hatte.

Die Frau hatte in der Mitte des Hofes gestanden, und es war den Argusaugen von Tamriko, die gerade zur Toreinfahrt hereingekommen war, nicht entgangen, wie finster sie die Balkons und Fenster im zweiten Stock inspizierte, die, obwohl vor mehr als zwanzig Jahren gestrichen und inzwischen abgeblättert, Tamrikos Meinung nach himmelblau und wunderschön waren.

Eh! Wer ist die denn? Was schaut die sich so verwirrt um? Tamriko konnte die Frau schon auf den ersten Blick nicht ausstehen.

Sie sind alle nicht zu Hause. Keiner. Weder die Dame noch Aleksi. Was wünschen Sie? Wenn was ist, können Sie es mir sagen, ich werde es ausrichten.

»Mein Bauchgefühl sagte mir, sie ist eine Fremde, eine Fremde«, erzählte Tamriko der Lekwischwili, die sie zwar

---

4 Der Held Schawleg aus der Schlacht von Achalziche, Anm. d. Ü.

aus tiefstem Herzen hasste, die aber immerhin in ihren Augen ein verständliches Wesen war, sehr hübsch und anmutig gekleidet. Die Lekwischwili, die den Namen ihres verstorbenen Mannes trug, war wirklich eine Prinzessin, zwar anderen Blutes als Tamriko, aber trotzdem aus ihrer Sippschaft, eine Tbilisser Frau. Aber die da im Hof…!

»Gummigürtel mit 'ner Schnalle, ein Schmetterling mit goldenen Glitzeraugen, und Stonewashed-Jeansrock, wow!«

»Du trägst auch kein Chanel«, sagte die Lekwischwili lachend, »aber du hast recht. Die ist fremd und dahergelaufen.«

»Und ich hab sie zur Schnecke gemacht. Diese Schlampe!«

Die Lekwischwili blieb gelassen.

Die Frau stellte sich als ihre neue Nachbarin heraus, Besitzerin der renovierten Zimmer.

»Das heißt, sie ist eine Idiotin und stinkreich«, erklärte Tamriko der Lekwischwili. »Die Gardinen haben Sie gesehen, oder?«

… Angeblich hatte sie einen Mann irgendwo am Arsch der Welt, von wo niemand zurückkommt…

»Er macht in Russland Geschäfte, hat sie gesagt.«

»Das heißt, ein Schlitzohr.«

… Und eine Tochter hat nach Israel geheiratet…

»Das heißt, sie ist mit der Idiotie verheiratet.«

… Und die zweite Tochter sollte jetzt zu ihr kommen, irgendwoher vom Arsch der Welt, aus Russland…

»Und diese Königin«, Tamriko versagte vor lauter Ärger die Stimme, »will, dass ... jedenfalls hat sie mir gesagt, sie würde Ihre und Aleksis Wohnung kaufen und sich selbst ausbreiten, sie will uns ihre Regeln aufdrücken und uns bis zuletzt auf dem Kopf rumtanzen! Die Singers wollen nach Deutschland auswandern und ich werde mir das einverleiben, hat sie gesagt, und ...«

»Und dann wohnst du zusammen mit Saur und den Neureichen«, sagte die Lekwischwili und lachte bitter, »Gulnar und Nigo putzen ihre Wohnung, du machst ihr Essen, Saur kutscht sie im Moskwitsch rum, stimmt's? Und wenn sie euch einfach rausschmeißt? Was dann, Tamriko?«

Die Frau hatte gesagt, im zweiten Stock sollte nicht irgendein Armenier wohnen ...

»Ach so, sie ist selbst eine Nachfahrin Japhets?«

»Ich weiß nicht, wie der verfickte Vater von der heißt, der Vater von der interessiert mich generell nicht, der kann mich mal kreuzweise«, Tamriko wurde immer aufgeregter, »und wenn ich ...«

Die Lekwischwili bremste sie nicht. Ihre Augen verfinsterten sich und Tamriko dachte verbitterten Herzens: Meine Güte, wie schön diese Frau ist!

Die Lekwischwili sagte, die ist eine Dorfkatze, und sie solle sie die Sache in die Hand nehmen lassen. Und als an jenem Abend in der Singer'schen Wohnung zum ersten Mal das Licht anging, lief die Lekwischwili die Treppe hinunter.

Sinka, die damit beschäftigt war, das Geschlecht von

Malulas frisch geborenen Kätzchen herauszufinden, und Nigo hörten ihre Absätze klappern, schauten auf und trauten ihren Augen nicht.

»Wie groß sie war!«, plapperte Sinka. Sinka hatte die Rückkehr des Opas nicht erwarten können und war zu Data gerannt, bei dem die Schönlinge feierten, dass Datas Frau ins Sanatorium abgereist war – schon in fortgeschrittenem Stadium: Temiko und Suriko, den mittlerweile vollwertigen Mitgliedern der Tafel, fielen vor Müdigkeit die Augen zu. Die Lekwischwili raucht?! Das wussten wir ja gar nicht! Und natürlich geht sie nicht rein, sondern bleibt so in der Tür stehen: Tadaaa! Auf hohen Absätzen, mit Zigarette, sie schaut auf die Neue herab und bläst ihr den Rauch ins Gesicht. Nigo und ich haben nichts verstanden, schließlich schreit sie nicht so wie Tamriko. Keine Ahnung, was sie gesagt hat, aber dass sie die Neue ordentlich runtergeputzt hat, da bin ich mir sicher. Und dann macht sie so, guckt mal, drückt die Kippe auf der Tür aus, nickt selbstgefällig und kommt dann zu uns runter – wir sitzen da, reglos wie Bäume – und sie zwinkert uns zu!

»Die Lekwischwili?«

»Ja!«

Dann, Jahre später, als die fremde Frau die Zimmer abgeschlossen hatte und irgendwohin verschwunden war – laut Tamriko »an den Arsch der Welt, wo sie hingehört« –, als die Singer'sche Truppe in ihre historische Heimat zurückgekehrt und nur die ältesten, schon sehr betagten Singers dageblieben waren, als Saur seinen

Moskwitsch auf Backsteine gestellt und laut verkündet hatte: »Schluss, aus!«, sahen eines kalten Tages der Opa und Sinka vom Balkon aus Rauch in der Ferne aufsteigen. Das war Sinkas ersehnter Pilz. Die Stadt brannte, das Herz.

Der Opa schaute zur Lekwischwili, die mit verquollenen Augen auf dem Nachbarbalkon stand, rauchte und stumm auf das Feuer blickte.

Der Opa holte eine Zigarette heraus, zündete sie bedächtig an, blies den Rauch aus und lehnte sich ans Geländer. Sinka stellte sich neben ihn, gebeugt und verwirrt. Dabei hatte sie in ihrem Leben sogar schon Panzer gesehen und keine Angst gehabt. Doch jetzt hatte sie welche, vor dem Rauch und aus irgendeinem Grunde auch vor der schweigenden Lekwischwili; jetzt fielen ihr Tamrikos Beschimpfungen und die Opfer der Lekwischwili ein. Fremd.

Ich dreh durch, dachte Sinka verängstigt.

»Lebe wohl, du liebe Stadt!«, sagte Aleksi.

»Ich werde dich sauer einlegen!«, drohte Gulnar Malula. »Husch! Verschwinde!«

Data

> Убийство – наивная форма смерти,
> тавтология, ария попугая …
>
> *Иосиф Бродский*

> Mord ist eine naive Form des Todes,
> eine Tautologie, eine Arie des Papageis …
>
> *Josef Brodsky*

Ich, nun ja. Wie ich gelebt habe, so lebe ich noch immer, halleluja. Was bei euch damals los war, weiß ich nur vom Hörensagen, und auch das nur ansatzweise, und ich weiß ja, dass es total furchtbar war, aber wir haben's überlebt, stimmt's? Und auch jetzt werden wir's überleben. Überhaupt, aus was für einem Krieg Data und Kotiko zurückgekehrt sind! Und Temiko und Suriko, die sind erstens gleich hier um die Ecke, sogar angerufen haben sie, und außerdem können sie ja gut raufen und schießen und alles, selbst im Hof kenne ich mich nicht so gut aus, wie die sich in Abchasien auskennen. Da brauchst du keine Angst zu haben, absolut nicht. Nur die Schönlinge können einfach nicht kämpfen, sonst würden auch sie in den Krieg ziehen und später Sachen erzählen, das kannst du dir nicht vorstellen! Das hat sich aber erledigt, wir sind durch damit … Tja, wir leben zwar nicht in Rio de Janeiro,

aber was weiß ich, wir leben doch trotzdem gut, oder? Im Prinzip hab ich doch alles, hab ein Dach über dem Kopf, hab Opa, hab sogar studiert, stell dir vor! Ich hab das Studium geschafft und Nigo nicht, stell dir vor! Nun ja, bei mir war's Sport, bei ihr Medizin, aber mal ehrlich, schau dir mal Nigos Grips an im Vergleich zu meinem! Ich hab eine Arbeit und Nigo, meine Intelligenzbestie, mein schönes Schwesterlein, macht auf Abruf Pediküre bei irgendwelchen Nutten. Und wenn schon! So hat jeder sein Tun, und ich strampel eben mit den Beinen, ist das etwa schlecht? Ich werd doch bezahlt, nun gut, mehr schlecht als recht ... Und überhaupt, immer schön amüsieren, das Land geht den Bach runter, die einen ziehen in den Krieg und die anderen machen Aerobic! Na klar, Gott hat's gut mit euch gemeint ... Und überhaupt, wo du gerade Gaiosa erwähnt hast ... Männern konnte er nicht die Haare schneiden, zu ihm gingen nur Glatzköpfe, zum Polieren, und tadaaa: Er eröffnet das »Gaio«! Aaalter! In seinem Kellerloch haben wir als Kinder immer Partisan gespielt, einmal haben mich Suriko und Temiko an den Händen aufgehängt und gesagt: Nun, wie lange wird sie leben? Saur hat mich befreit, wegen ein paar Reifen ist er da reingekrochen, der Hässliche, und tadaaa: das Sport- und Wellnesscenter »Gaio«! Meine Güte. Er bezahlt mich nicht und für ihn läuft's gut. Lach mich nicht aus. Gaiosa, der Vollidiot ... »Gaio«, hurra!
In Gaiosas Keller gingen dicke Frauen, mit der sinnlosen Hoffnung, dass es was bringen würde, zweimal pro Woche für eine halbe Stunde mit Armen und Bei-

nen zu strampeln, und gelangweilte Hausfrauen, für die wohltuenden grünen Tee im »Gaio« zu trinken ein Sozialisierungsversuch war, echt bedauernswert. Alles in allem war es ein großes Trauerspiel, dieses Wellness- und Verschönerungscenter.

»Der Gaiosa ist aber unverschämt, oder?!«, sagte Tamriko amüsiert und brachte den Opa zum Lachen. »Was sehen meine müden Augen? Luft – Fehlanzeige, warmes Wasser – Fehlanzeige, солнце, воздух, онанизм[5], und von oben noch der Yogalehrer, eine schmuddelige Gestalt, sieht aus, als würde er Klebstoff schnüffeln, und Aerobic – Sinka soll vernünftig werden! Die hat den Frauen die Sehnen ruiniert! Die bringt einen so aus der Puste, dass man die Musik nicht mehr hört! Und überhaupt, Musik gibt's da gar nicht, Strom ist Fehlanzeige, ach Leute ... Und überhaupt, wie machst du das dort eigentlich, duschst du etwa kalt?«, fragte Tamriko plötzlich empört. »Spinnst du?«

Sinka zuckte mit den Achseln.

»Hast du nichts Besseres zu tun?«

Ach was, der Opa, der Opa arbeitet deswegen manchmal, weil es ihm eben irgendwie Spaß macht, sonst würde er durchdrehen, und ja, das Geld schadet auch nicht. Da drüben sitzt Data an der Brücke, in so einer Art Kiste, und bastelt an Uhren herum, und das nicht, weil Suriko und Temiko sie nicht aufbewahren können oder so, er

---

[5] Die erste Zeile des gleichnamigen Gedichts: Sonne, Luft und Onanismus stärkt den ganzen Organismus!

muss ja einfach irgendwas tun, sonst dreht er zu Hause durch, mit dem Petroleumofen und der penetranten Frau. Nee, sie ist eine Gute, nur eben penetrant. Welche Uhr sollte man ihm denn bringen, mach mich nicht wahnsinnig, was hat Data schon für eine Ahnung von Uhrmacherei, er wechselt die Batterien und das war's. Außerdem ist es bei uns warm, bei ihm nicht so, da ist's eiskalt. Das Haus ist kein Haus, sondern ein Aquarium. Wenn er das Auto noch hätte, würde er ständig bei uns hocken, das weiß ich genau. Unser Ofen, der knackte und knackte ... Kotiko hat ihn Knacki genannt und Funktionen bei ihm entdeckt, das kannst du dir nicht vorstellen. Man kann ihn schließen, öffnen, und, Moment, er singt. Wart mal, wenn er ein bisschen runtergebrannt ist, zeig ich dir was ...

Ach, Tamriko. Ich friere nicht und hab keinen Hunger, und ich hatte damals keine tollen Männer und auch jetzt hab ich nichts gesehen, was mich vom Hocker reißen würde, Männer eben ... Und überhaupt, ich und Opa, wir hatten es schwer, so richtig. Tja und du, du hast ja keine Ahnung, es ist das reinste Wunder, ich schlafe nachts ein und höre: dadamm, dadamm ... Ich bin sicher, dass Opa das auch immer hört. Wir reden nicht drüber, wir werden doch nicht anfangen zu jammern und uns etwas vormachen, am besten, wir fahren zum Spielen nach Europa, hat er gesagt. Das war's ... Nur Kotiko erzähl ich manchmal davon, und das nur, weil er mir vom Zugorchester erzählt hat. Kanntest du das nicht? Tja! Ich erzähl's dir. Du weißt nicht, wie das war? Na los, trink aus. Los, nur keine Scheu, Opa holt noch was von Data. Die haben so viel, dass die gar nicht wissen, wohin damit. Und überhaupt, dieser Mandarinenschnaps ist ganz schön krätzig, oder? Bäh. Am nächsten Morgen hat man davon einen Deogeschmack im Mund. Dieses Jahr gibt's wirklich zu viel davon, wem sagst du das. Sie haben einfach nichts losgekriegt, und dass Natanebi voll mit Mandarinen ist, das weißt du ja, haha!

... Damals waren wir an der Aralsee. Dort hättest du die Geschichte von Kotikos usbekischer Frau hören sollen! Uh, wenn du wüsstest! Das Tiefland oder die Ebene von Usbekistan oder Kirgistan, eine Wildnis, hungrige Steppe nennt man das. Na, genau, da, wo die Singers gewesen sind, nur richtig groß, wo genau sie waren, weiß ich nicht. Kotiko hat uns mitgenommen, er hat darauf bestanden, dass wir dort hinfahren und den Aral sehen. Jedenfalls ist die Aralsee eigentlich DER See und nicht DIE See, hast du das gewusst? Tja, ich auch nicht. Syrdarja und Amudarja hab ich übrigens auch nicht gekannt, ich hab's für ein Lied gehalten – Syrdarjaaa! Amudarjaaa! So was wie ein Gebet ... Damals gab es Flüsse bis zum Horizont, das hättest du sehen sollen ... Wie sollte mir das nicht fehlen, sag ich doch! Jedenfalls hat Kotiko gesagt, es ist gleich um die Ecke, jetzt fährt man ewig mit dem Zug, die Gleise enden nicht. Mal haben wir gesungen, mal Karten gespielt, mal mit irgendwelchen Opas was geraucht, Tee getrunken, mal dies, mal das gemacht, aber der Weg endet nicht, und ständig dieses Dadamm, Dadamm. Jedenfalls hat uns Kotiko erzählt, dass er den

Mann kennt, der dieses Trommelorchester gegründet hat. Der Mann heißt – ich erinnere mich, wer hätte das gedacht! – Kacha Tolordawa. Warum mir der im Gedächtnis geblieben ist ... Ich glaub nicht, wahrscheinlich existiert er überhaupt nicht, Kotiko hat's erzählt und darauf kann man nichts geben. Kurzum, es ist ein Trommelorchester, es besteht nur aus Trommlern, und wenn man nicht sehr klein ist, also fast ein Zwerg, wird man ins Orchester nicht aufgenommen. Die sitzen unter dem Zug, genau dort, wo der Opa mit der anderen kleinen Sinka gesessen hatte, damals. Opa hat gesagt, er habe die Trommler nicht gesehen, aber später erfahren, dass offenbar damals, während der Hungersnot, viele gestorben sind, und was wolle man schon mit zwei, drei Leuten spielen ... Also, die Trommler sitzen unterm Zug, an den Rädern, und wenn er abfährt, fangen sie an: Dadamm, dadamm! In den Kurven ist der Rhythmus anders, rakadak, rakadak, und wenn der Zug schneller fahren muss, gehen sie richtig ab: Takadakada! Takadakada! Ein tierisch gutes Orchester ist das. Und bevor sie nicht unterm Zug sitzen, fährt er auch nicht los, wie sollen denn ein Heizer oder Lokführer wissen, wann man wie trommeln muss, aber die sind so professionell, dass sie nicht nur Trommel spielen können, sondern auch die Strecken tierisch gut kennen ... Übrigens, der Mandarinenschnaps ist echt krätzig ...

... Wart mal, ich mach das. Nein, erst mal muss das Feuer ordentlich brennen. Es darf nur Glut übrig sein, sonst ersticken wir es. Wenn der Strom wiederkommt, spiele ich dir was vor, Kotiko hat mir was gegeben, das ich üben muss, das klingt gut. Lass uns um neun rausgehn, Nigo abholen und uns zusammensetzen, ja? Nigo wird uns ein Buch erzählen. Ich werd's mir nicht merken können, aber gut ist es trotzdem, oder nicht?

Im Gegensatz zu Nigo konnte sich Tamriko nur an ein Buch erinnern, und selbst das nur vom Erzählen, es war der »Recke im Tigerfell«, und den kannte sie genau: Derjenige, der verliebt ist, ist glücklich. Deswegen gab sich Tamriko viel Mühe, Aleksi als ihr Glück anzusehen. Sie musste es sich einfach nur ab und zu in Erinnerung rufen: Tamriko, du bist glücklich und verliebt und nicht einsam, alt und unglücklich.

... Der »Recke im Tigerfell« war Nigos Untergang. Ich hatte das Wort »Recke« nicht mal gekannt, und Nigo hatte unserem Klassenkameraden – uh, dem Lomdscharia, der ist ein Arsch, das merkt man gleich! – einen Brief geschrieben: Ich liebe dich so wie Tinatin den Awtandil. Und der Lomdscharia, dieses Schwein, brüllte, sie habe ihm das geschrieben, und dann war dermaßen der Teufel los! Nigo wurde ausgelacht und zum Weinen gebracht. Ich hab diesen Lomdscharia zwar beschimpft, aber ich bin nicht gegen ihn angekommen, er ist ein Esel, und ich hab's Temiko gesagt. Zur Schnecke hat der ihn gemacht, der Temiko, ihn zum Heulen gebracht. Ich durfte dabei zusehen und ihn dann bespucken. Lomdscharia, dieser Dummkopf, dieser Unmensch ... Ich hab's zwar nicht gelesen, aber ich weiß ja, dass Awtandil der allerbeste Junge der Welt ist und Lomdscharia dagegen ein Pickelgesicht ...

Nigo ist dumm. Hübsch, klug und – nun das. Der Opa hat gesagt, sie sähe aus wie Lillian Gish, nur besser. Ich kenn die nicht. Wirklich? Scheint eine schöne Frau gewesen zu sein, diese Lillian Gish.

... Lass das. Soll es doch klingeln. Erwartest du jemanden? Hm? Wen? Raus mit der Sprache, Tamriko!

... Hurra, ihr Straßenkinder, der Strom ist wieder da!

Sinka schaute sich im Zimmer um. Sie konnte zufrieden sein. Es ist hell, warm ... Sie schloss Knackis Abzug. Sie faltete den Wandschirm auseinander, vielleicht wollte Opa lieber einschlafen, statt Nigos Geschichten zu hören. Sinka schaute auf die Uhr. Es ist Zeit. Sinka zog die Stiefel an und die Wattejacke von Temiko, schaltete das Licht aus und schloss ab. Was waren das nur für Zeiten ... Sinka trat hinaus auf die Treppe und sah, dass Tamrikos Zimmerfenster dunkel war. Auf der Veranda saß Malula, und Sinka kam es so vor, als leuchtete etwas bedrohlich in ihren Augen.

»Tamriko, der Strom ist wieder da!«

Es kam keine Antwort. Pah!

»Tamriko!«

Sinka stellte sich auf die Veranda und lauschte. Irgendetwas hörte sie, irgendetwas Schlimmes.

»Tamriko!«

Sinka öffnete die Tür, ging ins Zimmer und schaltete das Licht an.

»Jag mir bloß keinen Schrecken ein ... Tamriko!«

Tamriko saß auf dem Stuhl, zusammengesunken, gebrochen, erbarmungswürdig. Sie hatte die Hände ordent-

lich auf die Knie gelegt und weinte, mit offenem Mund, abstoßend, fürchterlich.
Nichts wird mehr fertig, nichts wird mehr aufgeräumt, Sinka. Temiko und Suriko sind nicht mehr am Leben.
... Am Tag nach der Beerdigung der beiden Jungs beging der säuberlich rasierte, ordentlich zurechtgemachte, ordengeschmückte Data bei Sonnenaufgang mit seiner Dienstwaffe Selbstmord. Was soll das. Ich hab nicht gewusst, dass er eine Pistole hatte. Warum hat er sie nicht den Jungs gegeben. Er hat sie ihnen nicht mitgegeben. Wozu brauchte er eine Pistole.
Diesmal standen sie auf dem alten Friedhof. Kotiko, der Opa, Sinka und Tamriko. Es war sehr kalt, so kalt, dass Sinka dachte: Wir sind gefroren. Wir sind hiergeblieben. Wir sind Denkmäler. Wir sind gestorben.
So ist es also ..., dachte Sinka, hat man so was je gehört? Ach, Data. Ach, was soll nur ohne dich aus deiner Sinka werden, mein Schöner.

Hebt den Dachbalken hoch, Zimmerleute!

Der Strom ist wieder da!
Tbilisser Ausspruch

Gulnar hat geheiratet.
»Was?«
»Tja. Sie hat geheiratet. Und Nigo hört nicht auf zu weinen.«
Aleksi musste lachen. Kotiko wusste noch nicht, ob er lachen sollte oder nicht.
»Wer ist der Glückliche?«
Er ist Spanier. Oder Israeli. Was auch immer, was weiß ich. Wie alt? Ein Jungpionier ist er nicht mehr, das ist klar. Ein Mann eben. Dessen Oma sie gepflegt hat. Der Enkel der Oma. Hahaha! Wer hätte das gedacht? Unsere Gulnar. Und, hat sie keine anderen Sorgen? Sie wird sie zu sich nach Spanien holen. Nigo in Spanien. Gulnar und Nigo und der Stiefvater und die Corrida. Hahaha! Gulnar und Spanien, das war von Anfang an so eine Sache. Gulnar hatte den Rat einer idiotischen Verwandten befolgt, die eigene und Nigos Mitgift verkauft ...
»Ach, sieh an, eine Mitgift!«
... hatte sich ein Visum für ein Land gekauft und war von dort ins nächste gegangen ...
»Durch die Wälder? Unsere Gulnar?! Sie war als Kind auf

dem Rustaweli-Prospekt, und das auch nur einmal, und nur zum Marschieren!«
... und in dem anderen Land, genauer gesagt Spanien, hatte sie angefangen zu arbeiten. Natürlich als Pflegerin, Putzfrau, Sklavin.
Ungeachtet dessen, dass die zu pflegende Oma an allem litt, woran eine zu pflegende Oma leiden kann, fand Gulnar, dass sie mehr Glück gehabt hatte als andere Frauen: Gulnar wohnte bei der Oma, und zwar nicht mit hundert anderen Frauen zusammen, sie hatte sogar ein eigenes Schlafzimmer und hätte, wäre ihre Angst vor Wasser nicht gewesen, sogar im Pool herumplanschen können. Das Haus war von der Art, dass es Tamriko, als sie die Fotos davon sah, den Atem verschlug, und einmal piepste sie: Mensch, sollte ich vielleicht auch weggehen? Aber sie verstummte sofort, denn Kotiko und der Opa lachten sie mächtig aus: Und wo ist deine Mitgift, Tamriko?
»Hab ich!«, rief Tamriko verärgert.
»Ja, klar«, kicherte Kotiko, »Seidenschals, Teppiche, ... Wir helfen dir, sie auf die Brücke zum Flohmarkt zu bringen.«
Gulnar - nein, warum muss Gott nicht lachen? - Gulnar schrieb Briefe! Und gab sie Leuten mit, die nach Georgien fuhren. Im Monat gab es mindestens zwei, drei solche Leute, und Nigo tafelte sogar auf, um sich mit ihnen zu treffen, und bis zur genaueren Lektüre des Briefes las sie erst mal quer: Wie geht es meiner Kleinen? Sie schreibt mir nicht, geht's ihr nicht gut, verheimlicht mir nichts, sagt's mir, geht's ihr wirklich gut? ... Verwunderlich war

nur, dass Gulnar, die sich nicht gerade durch Belesenheit auszeichnete, zu Höhenflügen im epistolarischen Genre ansetzte, sie schrieb beispiellose, lange und bildliche Briefe, die sich in drei Teile gliederten: »Ich komme bald zurück und wir werden geschäftlich durchstarten«, »Die Oma ist die Hölle« und »Nigo, ich hab dich lieb«.

»Ich hab von der Frau noch nie einen komplizierten Satz gehört und was sie da von sich gibt, zeigt mir ihr teuflisches Gesicht«, sagte Kotiko besorgt. »Hey du«, wandte er sich an Nigo, »hat sie eine schöne Handschrift? Hast du die Briefe gesehen?«

»Welche Handschrift denn? Die sind maschinengeschrieben. Auf dem Computer«, lautete die Antwort.

»Was?«, riefen Kotiko und der Opa wie aus einem Munde. Nach kurzem Schweigen angelte sich Kotiko eine Zigarette aus der Brusttasche des Opas, nahm ein Streichholz aus der riesigen Küchenstreichholzschachtel, zündete die Zigarette an, blies den Rauch in die Luft, betrachtete das abgebrannte Streichholz kritisch und sagte:

»Tja ...«

Die wundersamen Briefe taten kund, dass die Oma so aktiv war wie ein gewöhnlicher Kohlkopf, sie schlief, aß – mach den Mund auf, Oma, stell dich nicht so an, por favor. Sie brauchte nicht viel Pflege, und Gulnar hatte sich schnell daran gewöhnt, erlaubte sich sogar Späße: Sie drehte der Oma das Haar ein, auf Tbilisser Art, auf Papierrollen, manikürte sie – zumindest auf diesem Gebiet war sie Meisterin – und, was die Hauptsache war, redete unaufhörlich, weil Gulnar niemanden sonst zum

Reden hatte, und wenn sie nicht mit der Oma geredet hätte, wäre sie wirklich kaputtgegangen, vor Trauer und Einsamkeit.
»Aber es kommen doch die Wochenendbesucher, oder nicht? Die Kinder und die bucklige Verwandtschaft?« Kotiko verfolgte Gulnars Leben in Europa gespannt. »Kann sie mit denen nicht reden?«
»In welcher Sprache denn?«, fragte Aleksi. »He, Nigolein, in welcher Sprache redet deine Mutter mit der Oma?«
Nigo war beleidigt, gab sich großspurig und sagte, ich erzähl euch gar nichts mehr, aber welches Herz kann das schon ertragen.
Gulnar hatte ein (finanzielles) Polster angelegt ...
»Sie ist überhaupt nicht fett!«, rief Nigo wütend.
»Mädel, lern deine Muttersprache«, beleidigte Kotiko sie, »liest du die ganzen Bücher für umsonst?«
Gulnar fing an Geschenke zu schicken und auch Geld, was man am verdammten Revolutionärsplatz Nummer eins pompös zu feiern pflegte.
»Ich glaub, sie erinnert sich nicht an deine Figur«, seufzte Sinka und wirbelte ein gigantisches T-Shirt herum. »Ist das ein Diskuswerfer? Was ist das hier für ein Schnickschnack? Ist das eine Rose oder eine Schnecke? Hm?«
»Ich schneid es ab«, sagte Nigo zur eigenen Beruhigung, »und zieh es nachts an.«
»Das ist Synthetik«, riet Sinka ab. »Das lädt sich elektrisch auf. Du kriegst Hautkrebs davon. Es bringt dich um.«
Gulnar war so frech, mit Spanischunterricht anzufan-

gen – das zu erfahren, gab Kotiko den Rest – und – Meine Güte, da würde mir ja was fehlen! – wurde Vegetarierin. Nigo brach in Tränen aus.

»Mit Yoga hat sie wohl noch nicht angefangen?«, rief Kotiko zu Nigo hinunter, die zum Wasserhahn im Hof gelaufen war, um sich das Gesicht zu waschen. »Was gibt's da zu heulen, kannst du mir das verraten? Hm? Hat sie Ashtanga gesagt oder nur Hatha?«

»Sie predigt Vegetarismus«, rief Nigo hoch, »sie hat mir eine Seite über Kälbchen geschrieben ... zum Heulen!«

Kotiko rang nach Luft. Nigo rief ihm auf ihre Art etwas zu und putzte sich am Wasserhahn betont geräuschvoll die Nase.

»Hach, so eine Schönheit«, sagte Kotiko zu Aleksi, der damit beschäftigt war, die Raviata zu putzen, »Wie schade!«

»Stimmt«, Aleksi nickte, »schön und dumm.«

»Und unerzogen«, mischte sich die Lekwischwili ein, die daneben auf dem Balkon lag. »Du bist ein Tbilisser«, wandte sie sich an Kotiko, »hast du nicht verstanden, was sie zu dir gesagt hat? Und überhaupt, wenn ihr besser hingehört hättet, hättet ihr damals auch kapiert, welche Sprache Sinka spricht. Ob es Tamriko ist oder Sinka, kann man nicht unterscheiden. Was ist nur mit dir los, ich hatte dich für einen belesenen Mann gehalten ...«

Kotiko hörte nicht hin. Er hörte gar nichts. Er war von Gulnars Lebensgeschichte fasziniert.

Ein großes Unglück ereilte die jetzt schon spanischsprechende und vegetarische Gulnar im Frühling bei

Vollmond. Sie schlief, sehr friedlich, so friedlich, wie nur Leute schlafen, die ihre Pflichten erledigt haben und aufrichtig sind, und plötzlich stand die Oma vor ihr, die Kohlkopf-Oma, die seit zwei Jahren bewegungslose und stumme. Die Oma trug ein Spitzennachthemd – nicht so eins, was Gulnar vor dem Schlafengehen anzog, nein! Ein anderes! Ein gelbes! Es hatte in der unteren Kommodenschublade gelegen! Die Oma trug Gulnars goldenen Kugelohrring, einen, und im durchs Fenster hereinfallenden Mondlicht blitzen die Augen und die Porzellanzähne der Oma gefährlich auf.
»Una vez dos tres!«, rief die Oma. »Hola, cariño! Bailar!« Und Gulnar machte mit. Gulnar tanzte ohne musikalische Begleitung Samba-Rumba-Cha-Cha-Cha, Lesginka und Kintouri. Und als der Morgen dämmerte – wahrscheinlich hatte irgendwo ein Hahn gekräht oder ein anderer glücklicher Umstand war eingetreten –, fiel die Oma, die sich bis dahin mit Kopfnicken und Händeklatschen amüsiert hatte, lächelnd wie Gwynplaine aufs Bett und wurde wieder zum Kohlkopf.
Diese Geschichte versetzte den Revolutionärsplatz in Aufruhr.
Nur Nigo freute sich.
»Sie kommt zurück!«, rief Nigo fröhlich. »Das wird sie eindeutig nicht aushalten! Meine Mutter kommt zurück!«
Schäm dich, Nigo. Gulnar kam es überhaupt nicht in den Sinn zurückzukommen. Sie meckerte nur ein bisschen herum, sie habe schlechte Träume, und das war's.

Und eines Tages – seit dem Tanzen waren einige Monate vergangen – kam die mit Einkäufen schwer beladene, blond gefärbte, in weiße Jeans gepresste Gulnar nach Hause und fand die Oma tot vor. Gulnar kreischte los. Die Oma ist gestorben!
»Sie war hundertelf«, bemerkte Nigo. »Möge sie in Frieden ruhen. Schluss. Jetzt wird sie doch heimkommen?!«
Gulnar benahm sich so, wie sich das gehört. Sie polierte das ohnehin schon auf Hochglanz polierte Haus noch mehr auf Hochglanz, verhüllte Spiegel und Gemälde, diejenigen, die kamen, empfing sie mit Klagegeschrei, am Tag der Beerdigung folgte sie der Oma beinahe unter die Erde ...
»Sie ist in Tbilissi geboren und aufgewachsen, wo hat sie bloß dieses Gekreisch und Geschrei her, hm?«, sagte Aleksi verwundert. »Ich hab das hier noch nie gehört ... Wenn sie Georgierin wäre, würde ich sagen, es steckt in den Genen oder so, aber ist sie doch nicht! Was ist nur in sie gefahren, hm?«
»Sie wird nicht gekreischt haben«, beruhigte ihn Kotiko, »sie hat das einfach geschrieben, weil sie dachte, das macht einen guten Eindruck.«
Nein, nein, da hatte sich Kotiko geirrt. Gulnar hatte wirklich gekreischt und geschrien, Gulnar hatte sich sehr an die Oma gewöhnt, Gulnar hatte sich tiefsten Herzens in die Oma verliebt, und in der Tiefe ihres liebevollen Herzens hatte sie gedacht, sie könne sie gesund machen, auf die Beine bringen und damit in die Geschichte eingehen. Ja, das hatte sie gedacht und – jetzt hatte sie den

Salat. Und außerdem weinte Gulnar noch darüber, dass sie wirklich nirgends wieder eine begüterte, sanftmütige Kohl-Oma finden würde. Na gut, sie hatte einmal getanzt, wie keine je getanzt hatte …

Diese Geschichte bekamen natürlich auch die Erben der Oma mit, und ein Enkel, dem laut Testament das Haus hinterlassen worden war und der – Zitat – »groß, schön und schwarzhaarig ist und eine Yacht hat«, also dieser wunderbare Mann sagte Gulnar, er könnte keine Bessere finden als sie, bis das Haus verkauft würde, solle sie dort wohnen bleiben und sich darum kümmern, selbstverständlich werde er sie bezahlen. Selbstverständlich stimmte Gulnar zu. Und später, als der Hausverkauf unumgänglich wurde und er begriff, dass es keine gäbe, die so arbeitsam und herzlich war wie Gulnar, da sagte der Mann zu ihr, ich bin Witwer, du bist Witwe, ich hab ein Kind, du hast ein Kind, werd meine Frau und lass uns zusammen krepieren, mein Röslein, und Gulnar nickte und raunte: Oh sí!

Nigo beendete die Geschichte, senkte den Kopf und verstummte. Sinka setze sich neben sie und legte ihr den Arm um die Schulter.

Sie saßen unter dem Kirschbaum. Alle schwiegen. Nur der Wasserhahn hustete vor sich hin und von der Straße schallte es: »Kräuter! Kräuter! Kräuter, Lauch, Kresse, Kräuter!«

»Ach, was geht's mich an«, hob Kotiko an. »Gulnar, die Pussy, hat Angst vorm Wasser und ist nicht mal in den Pool gesprungen – was will die denn mit einer Yacht?«

»Sie hat keine Angst mehr«, seufzte Nigo, »sie badet sogar im Meer. Sie hat auch im Ozean gebadet.«

»Hat sie dir geschrieben, dass sie rausgeschwommen ist?«, fragte Sinka erstaunt. »Wann? Das hast du doch gar nicht erzählt!«

»Nein, hat sie nicht, ich hab's auf Fotos gesehn. Reichlich vor einem Jahr. Ich hab's gleich wieder vergessen.«

»Gab's ein Foto im Badeanzug?«

»Ja. Und sie ist super in Form, übrigens.«

»Meine Güte, was will man da machen ...«, murmelte Tamriko vor sich hin.

Nigo richtete sich auf, klemmte das Haar hinters Ohr und legte los.

»Kurzum. Gott sei mit ihr. Ich wünsche ihr von Herzen alles Glück der Welt. Meine Mutter hat seit meiner Geburt mit keinem einzigen Mann gesprochen, einen reichen Mann und eine Yacht hätte sie sich nicht träumen lassen, und wenn sie es so will – sie will doch, oder etwa nicht? –, dann soll sie Gottes Segen haben. Na schön. Nur, dass ich in tausend Jahren weder Geld von denen will noch Geschenke, auch kein Spanien und keinen Ozean, irgendwie werde ich selber durchkommen, also, irgendwie ... Hier seid ihr und hier bin ich: Ich werde heiraten, einen sehr guten Mann. Wenn Data noch hier wäre, ich würde einen schlechteren als ihn und generell einen schlechteren als die Schönlinge nicht mal angucken, und ich würde nicht nur ein einziges Kind bekommen, wär doch eine Sauerei, wenn es sein Leben lang alleine rumhängen und von meinem schwarzen Arsch abhängig sein müsste, ich bekäme vier, zwei Jungs und zwei Mädchen, damit jedes Kind eine Schwester und einen Bruder hat, die Jungs nenne ich Data und Kotiko und die Mädchen Tamriko und Sinka, genau! Und alle lasse ich von Opa taufen, ist doch egal, dass er selber ungetauft ist, und ich werde die beste Familie haben. Und wenn der Mann nicht so ist wie die Schönlinge, soll er aufstehen und sich aus meinem Leben verpissen, genauso wie sich meine Mutter verpisst hat. Mehr als drei Jahre hab ich auf die Frau gewartet, und jetzt kommt mir nicht damit, sie wäre wegen mir gegangen oder so was! Aber ja, schon klar, sie ist eine junge Frau und verdient einen Mann und Glück, aber jetzt wird sie wahrscheinlich noch vier Jahre nicht kommen können, Dokumente muss ich für sie zusammensuchen und übersetzen lassen und bestätigen lassen und ihr schicken, ein falsches Dokument, laut dem dieser Gauner, der sich mein Vater nennt – erstens hat er mir einen Namen gegeben und zweitens den Kirschbaum gepflanzt, bravo, was für ein Teufelskerl! Ich versteh nicht, was das für ein Vater sein soll! Hm? So gesehen ist Opa hundertmal mehr mein Vater, das ganze Leben lang ist er mein Beschützer, und Kotiko hat mich mit ans Meer genommen und Data hat mich in seinem Invalidenauto rumgefahren – also dass dieser Gauner, von einem Gauner erzogen, tot ist. Soll er doch von mir aus tot sein, ist mir völlig schnurz, ich würde keinen Mucks sagen, aber er ist lebendig und hängt bestimmt irgendwo rum, bei irgendeiner Tussi wie meiner Mutter, irgendwo in Russland, in Fliegenschissowsk, das sag ich dir, dort wird er sein! Und ich muss wahrscheinlich hier noch jemandem Schmiergeld geben und Zucker in den Arsch blasen, um einen Totenschein für den Gauner ausstellen und auf Spanisch übersetzen zu lassen. Und dann muss ich auch noch von einem Notariat bestätigen lassen, dass meine Mutter Gulnar Witwe ist und, kaum zu glauben, heiraten will! Nein, bitte! Die Ehe ist nicht amtlich, wozu zum Teufel braucht sie dieses Dokument! Aber nein, sie will diesem spanischen Drecksjuden beweisen, das sie die Mutter Georgiens ist, ich scheiß auf ihr Georgischsein und auf ihre Mutter, soll ich hier etwa »Mütterchen, Mutti!« schreien?! Nein, kommt gar nicht in Frage! Ich, meine Schönen, bin Nigo, Opas Schönheit – so ist es doch, Opa? Und wer meinen Stalin nicht mag, auf dessen Lenin scheiße ich!«

Sprach sie und ging in ihre Wohnung.

»Was für Wörter sie in den Mund nimmt ...«, sagte Tamriko, die Nigos Monolog mit offenem Mund verfolgt hatte. »Was war das denn bitte?«

»Nun, auf Altaramäisch wird sie sich ja kaum aufregen, oder? Was sie das ganze Leben lang gehört hat, das plappert sie nach«, war von oben die Stimme der Lekwischwili zu vernehmen. Die Schönlinge schauten hoch. Die Lekwischwili stand stolz da, aufrecht und irgendwie sehr zufrieden. »Jetzt bring ich Cognac runter, guten, eine große Flasche, aus der Kollektion meines toten Mannes, jawoll! Scheiß drauf! Und wir trinken auf Gulnars Glück und darauf, dass Nigo endlich zur Vernunft gekommen ist. Segel, Anker, Meer!«, rief die Lekwischwili. »Tamriko, komm hoch, hilf mir! Sinka, geh mal rein und hol das Mädel raus! Und ja: Aleksi, das Akkordeon! Hurra, ihr Straßenkinder! Alle tanzen!«

Wo es viel Wasser gibt

Ich will nach Nizza ...
Aka Mortschiladse

So lebten sie. Weder schlecht noch gut, sie lebten eben. »Was für ein kaputter Hof«, befand Tamriko. »Nicht ein einziges Kind gibt es hier als Balsam für die Seele. Früher gingen einem wenigstens die Singers auf die Nerven und du und Nigo, ihr habt rumgelärmt, und jetzt – tja. Und nicht mal einen Rosenkavalier hat jemand, so dass man die Hoffnung haben könnte, es würde was passieren. Oder wer sollte einen haben, kannst du mir das verraten? Die Lekwischwili und ich, nun ja, aber was ist mit euch los? Nein, Sinka, meine Gute, dein Verehrer-Fallobst brauch ich auch nicht, die sind erst recht nicht erwähnenswert. Ich hab den Schönlingen gesagt: Die Mädels brauchen diesen Hand- oder irgendeinen Ball oder so was nicht, und Spartakiade und blödes Zeug, Gott verzeih mir. Was gibt's da zu grinsen, hm? Starke Muskeln, schwaches Hirn, und mit dir ist's dasselbe ...«
Sinka kicherte.
Einmal sagte ihr Klassenkamerad Wacho, wow, Mensch, du hast aber riesige Zähne, wenn ich solche hätte, würde ich mir den Mund zunähen, und Sinka beschloss für sich, Wacho sei einfach nur neidisch: Zähne müssen groß

sein, oder, Opa? Na klar! Schau mal, was für schöne große Zähne du hast, Sinka!

Der arme Wacho, dachte Sinka, was für ein Neidhammel.

»Zeig mir wenigstens einen normalen Mann, der nach dem zweiten Glas nicht von Labra16 redet!« Tamara hielt sich nicht zurück. »Verbitterte Leute. Helden hab ich im Kino gesehen, wer braucht einen Helden zu Hause? Aber wo findet man einen normalen Mann? Du arme Sinka, ich werd's dir sagen, man geht in die Bibliothek oder zu Konferenzen, beim Aerobic hab ich noch keinen Mann gesehen.«

»Saur ist nun die letzte Hoffnung, meine Tamro«, beruhigte sie Sinka. »Vielleicht platzt bei ihm ja der Knoten und ein Wunder geschieht?«

Und die Seele des Hofes erhörte Tamrikos bedauernswerte Bitte und es geschah – wenn auch aus einer anderen Oper, aber immerhin – ein Wunder: Saur verkaufte den Moskwitsch.

»Was faselt ihr!« Kotiko, der extra mit einer riesigen Flasche Bier von zweifelhafter Farbe zu Aleksi gekommen war, um diese Sache zu diskutieren, schüttelte den Kopf. »Er hat ihn auf den Schrott gebracht, so wird's sein.«

Nein, er hatte ihn tatsächlich verkauft. Saurs Moskwitsch hatte sich als Oldtimer herausgestellt und irgendein Ziegenbock kaufte ihn. Kaum zu glauben. Ich hab den Mann mit eigenen Augen gesehen, sag's ihm, Opa! Ein Franzose oder so was, sprach französisch, Saur hat Nigo gerufen, sie solle übersetzen, was der wolle, und Nigo machte dem Typen derartige Augen, dass sich vor Pein-

lichkeit die Erde auftat, so war es doch, Opa? Woher der war? Es gibt so einen Krempelklub, Leute mit alten Autos, der Typ hat sogar einen, wie heißt der gleich, Opa? Ach ja, Studebaker. Ein Veteran. Und der Typ hat ihn gekauft, für teures Geld gekauft, das weiß ich genau, weil Saur sich daraufhin mit seiner Frau versöhnt hat. Wirklich! Ich schwör's! Sag's ihm, Opa! Und jetzt fängt er an, seine Wohnung zu renovieren, damit die Frau niveauvoll wohnt. Und die neue Besitzerin der Singer-Wohnung, diesen Dorftrampel, rief er auch irgendwo an, in Barnaul oder Tscheboksary, verkauf mir das, hat er zu ihr gesagt, er macht sich breit, der Saur, dieser Dachs! Und er hat gesagt, glaubt mir, er hat tatsächlich zu uns gesagt, zu Opa und mir: An die Stelle, wo das Auto stand, werd ich einen japanischen Garten hinmachen. Aus Dankbarkeit, eine Art Gedenkstätte oder so. Im Ernst, wo das Auto stand, an die Stelle. Asphalt, Splitt, einen mal zwei Meter.
Kotiko schaute sich hilflos und irritiert um.
»Was raucht ihr hier in diesem Hof, sagt mal! Was – ein japanischer Garten?«
»Ich halt's nicht aus«, beschwerte sich Aleksi. »Ich halt's echt nicht mehr aus, nur Verrückte hier ...« Und plötzlich: »Junge, komm, lass uns irgendwohin fahren, ja? Irgendwohin, wo es viel Wasser gibt ...«
Sinka geriet in Panik.
»Jetzt ans Meer?«
»Ist es etwa die falsche Zeit? Wieso, ist es im März etwa ausgetrocknet?«
»Ich muss doch arbeiten!«

»Was hat das denn mit dir zu tun, Sinka?«
»Pah, und was ist mit mir, hm?«
»Du hilfst Saur beim Gartenbauen.«
»Pah, ich sag Gaiosa Bescheid, flunkere irgendwas zusammen und komme mit, ja?«
»Wohin?«
»Was weiß ich, dahin, wo es Wasser gibt, ans Meer, oder?«
»Was willst du denn, Mädel, bleib wo du bist, mach Tamro eine Freude, schlepp Männer ab ...«
»Pah, von wegen!«
»Also, wir fahren.«
»Wart mal, wirklich? Wohin fahrt ihr, wo ist das Meer? Nach Ureki? Ihr müsst mal alle fünfe gerade sein lassen? Pah, von wegen!«
»Weißt du, Sinkalein«, hob Kotiko an, »einst war ich ein kleiner Junge und in meinem Elternhaus gab es einen Kachelofen, bloß doppelt so groß wie Knacki, eher einen Kamin, über Eck bis zur Decke, und die Decke war fünf Meter hoch. Kacheln und Kachelengel in der Ecke, und da, wo das Feuer angezündet wurde, hatte er überall ornamentverzierte Eisengitter, und ich setzte mich manchmal hin, als ich noch ein ganz kleiner Junge war, guck, so groß wie die Flasche hier ...«
Sinka war gespannt.
»Jetzt willst du mir einen Bären aufbinden ...«
»Nein, nein, ich erzähl dir eine Geschichte. Jedenfalls setzte ich mich manchmal so hin, ans Feuer, auf einen kleinen Stuhl, wie der Aschenstocherer, nur stocherte ich nicht in der Asche, sondern schaute dem Feuer zu. Und

meine wunderschöne Mutter setzte sich neben mich, sie setzte sich auch auf einen kleinen Stuhl, schaute mal zum Feuer, mal zu mir, sie schaute mich so liebevoll an, Sinka, dass mir völlig warm wurde, bloß dachte ich, das Feuer würde mich wärmen. Klein war ich damals und dumm, es sei mir verziehen …

Jedenfalls, als einmal noch Glut im Ofen war, sagte Mutter, mein Kotiko, kneif mal die Augen zusammen und schau so rein, und da hab ich meine Augen zusammengekniffen und so reingeschaut, und Mutter fragte, Kotiko, siehst du das Schloss? Und ich hab das Schloss gesehen. In der Nacht stand dieses wunderbare Schloss, angestrahlt, erleuchtet, in stockfinsterer Nacht, und im Schloss war ein Fest, Frauen und Männer tanzten und ein Orchester spielte, und ich war die erste Geige, Sinaida, ich stellte mich hin und spielte, ich weiß sogar noch, was …«

»Und was?«

»Ich hab's dir vorgespielt, erinnerst du dich? Händel, Sarabande. Da-ri-da …«

»Da-da-da …«

»Ja, genau das. Ich hab gespielt, Sinka. Im Schloss. Und alle schauten mich an, und meine Mami schaute mich an, und wenn ich jetzt so darüber nachdenke, hatte Mutter glühende Augen. Ach, ja … Jedenfalls, Sinkalein, Mutter hat gesagt, das sei das Schloss Soria-Moria, es ist mein Schloss, wo ich Geige spielen werde, nämlich so: Da-ri-da-da-ri-raa-da-dam!«

Später musste Sinka oft daran denken, warum bin ich

so dumm, warum hab ich mich nicht an Kotiko geklammert, warum hab ich nicht seine Knie umschlungen, warum hab ich nicht geschrien: »Ich liebe dich, und wie ich dich liebe, mein Kotiko, mein Stern! Fahrt nicht weg, was zum Teufel wollt ihr dort, wo Wasser ist!«, was zum Teufel hat mich erstarren lassen, mich dumme, hässliche, widerliche, hirnlose Sinka! Das dachte Sinka manchmal und schaute auf Saurs Parkettstücke, die im knackenden Feuer brannten, und sie weinte und weinte, und sah: ja, dort im Feuer ist das Schloss Soria-Moria, und es glitzert, schimmert, und die Edlen, Frauen und Männer tanzen, und dann halten alle inne, weil es dort einen wunderschönen Mann gibt, Kotiko, und sieh da, Kotiko führt den Bogen und dam-dam-ti-dam-dam ...

Weil Sinka aber, wie es scheint, wirklich dumm war, hatte sie nichts dergleichen getan, obwohl ihr Herz irgendetwas gesagt hatte, aber selbst das war nichts Schlaues gewesen. Sinka nahm eine Flasche Bier und goss sich seufzend ein.

»Ich hab mir völlig sinnlos eingegossen«, murmelte Sinka. »Bier? Bei der Kälte? Wo ist Malula? Die mag Schaum.«

»In diesem Hof ist sogar die Katze durchgeknallt«, sagte Kotiko traurig. »Jedenfalls hab ich dir das erzählt, Sinkalein, weil ich, bevor mir unsere Tamriko von Saurs wundersamer Begebenheit erzählt hat, einen Traum hatte: Soria-Moria. Wirklich. Und zwar am helllichten Tag. Mein usbekisches Mädel war zu ihren betagten Freundinnen gegangen und ich tat so, als hätte ich vor zu lesen,

Nigo hat mir das aufgedrängt, aber ich bitte dich, brauch ich in dem Alter Émile Zola? Aber was weißt du schon ... Jedenfalls bin ich eingeschlafen, auf dem Rücken, den Mund offen, und hab von Soria-Moria geträumt. Und jetzt, als mir Aleksi gesagt hat, wir sollten ans Wasser fahren, ist mir das wieder eingefallen: Mein Soria-Moria ist am See- oder Meeresufer, im Traum hab ich das nicht genau gesehen, aber es hat sich im Wasser gespiegelt. Jedenfalls fahren wir, ich und Aleksi, auf eigene Faust, auf Jungsart, ja? Vielleicht wartet es dort wirklich auf mich. Ich selber werd dort nicht Händel spielen, das weißt du ja, aber vielleicht spielt jemand anders ...«

Sinka hörte aufmerksam zu. Aleksi ließ Kotiko nicht aus den Augen.

»Jetzt sing mal.«

»Was?«, fragte Kotiko verwirrt.

»Die Sarabande. Wie ging die? Sinka, hol mal die Raviata!«

Was für ein Tag! Und was für eine Nacht! Knacki knackte, glühend heiß, die Schönlinge sangen und lachten und sangen weiter, und die Raviata spielte die Sarabande, mal mit dem Opa, mal mit Sinka, und Kotiko wedelte mit den Armen, dirigierte und machte da-di-da-da-ti-daa-da-da!

... Von dort, wo es viel Wasser gibt, kehrten nur der Opa und die Raviata zurück. Kotiko blieb im Meer. Bei Sonnenaufgang, in der Kälte, traf ihn am eiskalten Meer des frühen Frühlings eine Welle, ergriff ihn und ließ ihn nicht wieder frei, nahm ihn mit, weit hinaus, übergab ihn den Meerjungfrauen, den Sternen der Südsee, den Walen, dem Sankt-Elms-Feuer, den tapferen Piraten, dem Rückenwind, allem, was Kotiko nie gesehen und immer geliebt hatte. Verloren rannte am Ufer des Schwarzen Meeres ein lahmer alter Mann herum, stürzte, stand auf, und schrie und schrie: Hey! Hey!

Hey, Opa …

Sie haben Kotiko nicht begraben. Was gab es da auch zu begraben.

»Ich hab ihn ja in der Mandschurei kennengelernt«, erzählte das gealterte usbekische Mädchen denen, die zur Trauerfeier gekommen waren, »bei den Partisanen. Wir waren Partisanen. Ja. Erst hielt mich Kotiko für einen mongolischen Jungen, haha, könnt ihr euch das vorstellen? Aber dann, als ich merkte, was er für ein Kämpfer ist, hab ich's ihm verraten …«

Der Pfau

Ich kaufe alles, was alt ist, außer deiner Oma.
Werbeanzeige

Nigo war in allen Dingen tüchtig. Auch jetzt: Sie hatte gut geplant und machte sich ans Werk.
Nigo einigte sich mit Sinka und schaffte den Teppich zur Brücke. Um ihn zu verkaufen. Sinka war die rohe physische Kraft, Nigo hatte die Idee und das präsentable Gesicht für die Leute.
Es gab niemanden, der so feilschen konnte wie Sinka. Nigo schämte sich. Sinka feilschte in drei Tbilisser Sprachen und Nigo dolmetschte. Nigo schämte sich sehr, Sinkas Worte zu übersetzen, aber sie war eine aufrichtige Frau, übersetzte daher Wort für Wort und schämte sich furchtbar.
»Sinka ...«
»Du kannst mich mal!«
Zur Abendzeit, als sie schon alle Hoffnung verloren hatten, verkaufte sich der Teppich. Ihn kaufte eine völlig unerwartete Person, Sinkas und Nigos ehemaliger Klassenkamerad, Sinkas gar nicht mal so heimlicher, abgewiesener Verehrer – der Neidhammel Wacho. Was zum Teufel wollte der? Er hatte ein Pub eröffnet. Wacho, dieser Blödmann, hat ein Pub eröffnet? Wann hat er dir das

gesagt? Was soll ein armenischer Teppich in einem Pub? Sinka winkte ab. Wacho ist uns doch egal. Hauptsache, sie hatten den Teppich verkauft.

Der zweite Schritt war das Foto. Nigo ließ sich fotografieren. Wer die Bedauernswerte fotografierte, verriet sie nicht, aber Tatsache war, dass Nigo Sinka und dem Opa das Bild zeigte, es war in einem Studio aufgenommen worden, und darauf ähnelte sie tatsächlich Lillian Gish.

Der nächste Schritt führte Richtung Flughafen, wofür bedauerlicherweise ein Teil des Teppicherlöses draufging: Nigo wurde in der Marschrutka die Geldbörse gestohlen. Daher gestaltete sich die Rückfahrt vom Flughafen etwas kompliziert – Sinka bettelte irgendwelche Leute an, flehte, setzte sich bei einem ins Auto und Nigo auf ihren Schoß, verheult und aufgelöst.

»Ich nehm euch bis in die Stadt mit, hat der gesagt, und dann sind wir an den Felsen rausgeschmissen worden!« Sinka schäumte vor Wut. »Von dort mussten wir uns zu Fuß herschleppen!«

»Hauptsache, ihr habt die Sache erledigt«, beruhigte sie die unerwartet fröhliche Tamriko.

Habt ihr das Kuvert wenigstens einem rechtschaffenen Mann mitgegeben? Einer Frau. Na gut, was spielt das für eine Rolle, dann eben einer Frau. Klar, sie war normal drauf. Wirft sie es auch wirklich ein? Sie hat gesagt, ja, keine Ahnung, bestimmt ... Habt ihr gesagt, was drin ist? Ja, wir haben es ihr gezeigt, das Foto und auch das Geld, und sie sagte, sie wirft es ein, keine Ahnung.

Nimmt sie das Geld nicht raus? Keine Ahnung, Tamro, wir werden ja sehen. Moment, und eine Marke habt ihr draufgeklebt? Nun mach mal halblang, bin ich dumm, oder was? Bist du, oder etwa nicht? Du hast ja schließlich auch in der Marschrutka gesessen, na gut, es ist Nigo, darüber müssen wir nicht reden, aber du? Wo hattest du deine Augen? Nein, wie du irgendeinem Nichtsnutz eine Freude gemacht hast, das brauchst du mir nicht zu erzählen, du große Sinka!

Dann passierte nichts. Nigos Plan hatte auch das vorgesehen, deshalb machte sie sich am Anfang noch keine großen Sorgen, aber dann, als Monate vergangen waren, grämte sie sich und mit ihr auch Sinka.

»Ich hab dir doch gesagt, du bist dumm, aber du willst es ja nicht wahrhaben«, zischte Tamriko. »Wie kann man einer völlig Fremden fünf Dollar anvertrauen?«

»Hätte ich das Kuvert etwa an die Taube binden sollen, die Malula zerfleddert hat?!«, knurrte Sinka. »Mannomann ...«

Und genau dann, als niemand mehr auf irgendetwas wartete, klingelte Tamrikos Telefon und eine angenehme Männerstimme fragte nach Nigo.

»Fräulein Nigo«, erzählte Tamriko, »ich habe in einem Journal Ihr Bild gesehen und traute meinen Augen nicht. Ich bin verrückt geworden und durchgedreht, was hab ich da gesehen, ich war hingerissen ...«

»In welcher Sprache war das?«

»Französisch. Du ahnst nicht, wie Nigo zwitschern kann.«

Fräulein Nigo, ich hatte eine Frau, Kinder hatten wir aber keine ...
»Soll heißen: Ich will Kinder von dir, Nigolein!«
Ich bin nicht sehr reich, aber finanziell abgesichert ...
»Soll heißen: Er ist nicht großspurig, scheint geizig zu sein, aber den Teppich verkaufen, das musst du eindeutig nicht mehr machen!«
Phantastisch! Bin ich wirklich der Glückliche, Ihr erster Ehemann?
»Und der letzte. Der kennt Nigo nicht!«
Dann schlenderte Nigo zur Post und brachte das per Fax empfangene Porträt mit nach Hause. Der Opa, Tamro und Sinka lauerten schon darauf.
»Ein hübscher Mann.« Der Opa zuckte mit den Schultern. »Welchen Notstand hat er denn, dass er sich Frauen in Zeitschriften anschauen muss, hm? Das kommt mir ein bisschen seltsam vor ...«
»Er sieht tot aus«, verkündete Tamriko, »irgendwie tot.«
Wie soll man das auf dem Stück Papier erkennen, kannst du mir das verraten? Schau doch mal, er ist wie eine geschälte Kartoffel. Mannomann, Tamriko! Was – Mannomann? Ich sag's dir! Schau du erst mal in den Spiegel, Nigolein, vergleich dich mal mit dem, der ist auf dem Brei dahergeschwommen! Uh, die feurigen Kaukasier, die hatten's drauf, finde ich! Wenn du keine Augen hättest, dann vielleicht, und dazu keinen Verstand ... ich sag's dir, der ist tot!
Fax geschickt und das war's, der Typ verschwand in der Versenkung. Nigo fing wieder an zu heulen.

Was sagt man dazu? Was soll sie denn machen, wenn er nicht mehr anruft? Das ist doch logisch, oder? Er hatte mit ihr gesprochen, ein Fax geschickt und war abgetaucht. War er gestorben? Was für eine Seuche soll ihn denn dahinraffen, er ist doch kein Tbilisser! Na ja, ist doch so!

Nigo weinte.

Sie weinte und weinte und der Winter stand vor der Tür.

»Ich glaub, jetzt ist dauernd Winter«, sagte Aleksi eines Abends. »Die letzten zehn Jahre.«

»Ja«, pflichtete Tamriko bei, »es ist dunkel und kalt. Aber bei euch oben ist es nie kalt. Und dunkel auch nicht. Also jedes Mal, wenn ich hochkomme, wird's mir warm ums Herz.«

»Jedes Mal, wenn du hochkommst, wird mir auch warm ums Herz, meine Tamriko«, erwiderte Aleksi und lächelte sie an

Tamriko war nicht gleich fix und fertig, sie wahrte ihr Gesicht, aber als sie zu sich nach Hause ging, weinte und weinte sie, bis sie einen Schluckauf bekam. Sie weinte, schluckste und schlief bitterlich weinend und schlucksend auf der Liege ein.

Tamriko wurde von einem Klopfen geweckt. Oder eher einem Hämmern.

»Wah?!«, schrie Tamara panisch.

Natürlich gab es keinen Strom. Natürlich war nichts zu erkennen und nicht mal eine Kerze konnte Tamara auftreiben. Hinter der Tür aber murmelte und klopfte jemand.

Das Getrampel und Tamrikos Gepiepse weckte auch Sinka. Wenn die den Opa wecken, kratze ich denen die Augen aus!, dachte sie wütend, angelte die Taschenlampe am Kopfende hervor und lief so, wie sie war, in Aleksis Sweatshirt, an den Knien abgeschnittenen Sporthosen, unter dem Gequietsche der handbetriebenen Dynamotaschenlampe, barfuß hinaus, um Tamriko zu helfen und dem Feind die Augen auszukratzen.

Vor Tamrikos Tür stand ein Mann, ein großer und kräftiger Mann, anscheinend obdachlos. Sinka leuchtete ihm in die Augen und sagte: Ha! Tamara fasste sich ein Herz, öffnete die Tür und rief ebenso: Ha! Der Mann hob die Hände und murmelte etwas, bloß was, weiß der Geier.

»He«, sagte Tamriko zu Sinka, »leuchte mal zu mir.«

Er war's. Nigos Typ. Im zerrissener Jacke, dreckigen Stiefeln, stammelnd und unverkennbar betrunken.

Dann erzählte er, mir ist gesagt worden, in Tbilissi ist Krieg, und wenn jemand merkt, dass du Geld hast, bringt er dich einfach so um die Ecke, wie eine Kakerlake.

»Hm, wer hat ihm das denn weisgemacht, das wüsste ich gerne!«, regte Tamriko sich auf.

Und am Flughafen wurde ich gefragt, wenn ich ein guter Mann sei, warum ich dann hier hergekommen sei, und ich erwiderte, meine Verlobte erwartet mich, Schwiegersohn, Schwiegersohn haben sie gesagt, haben mich mitgenommen und mir noch Wein mitgegeben, schaut nur!

»Wir sind ein Volk von Dämonen«, stöhnte Tamara.

Und bis hierher bin ich gekommen, hab aber die Tür verwechselt, entschuldigen Sie, Frau Tamriko, Ich wollte Sie wirklich nicht belästigen.

»Als er das gesagt hat«, sollte Sinka dem Opa später erzählen, »wurde Nigo total sanft und gurrte irgendwas, ich kenne diese Sprache nicht, und in welchen Zustand das den Mann versetzte, kann ich dir gar nicht erklären, er hat gegrinst wie ein Honigkuchenpferd, ist dahingeschmolzen, der Mann war völlig hin und weg.«

»Phantastisch«, antwortete der Opa, »wirklich phantastisch. Seit ich mit den Schönlingen hergekommen bin, um um Ninikos Hand anzuhalten, hat es in diesem Hof niemanden mehr gegeben, der nach irgendwem gefragt hat, und dieser dusselige Mann ist wirklich phantastisch. Schließlich hat er euch gesehen und ist trotzdem nicht abgehauen, ist das zu fassen? Er ist ein wahrer Held. Gott sei mit ihm. Ha, was lächelst du denn so, dämonisches Weib? Ich zieh mich an und komme runter. Nimm du die Raviata mit. Soll er sich freuen.«

Dann spielten sich Dinge ab, die konnte nur Kotiko Data erzählen, in Begleitung der Raviata: dass in einem kleinen Hof der wunderbaren Stadt, unter dem Kirschbaum, den ihr Vater zu Ehren von Nigos Geburt gepflanzt hatte, die wunderschöne Nigo fünfmal am Tag inständig den Pfauenengel[6] angefleht hatte: »Verheirate mich!« und eines Tages der Engel sie erhört und irgendwo, in weiter Ferne, in einem ganz anderen Land, einen

[6] Auch: Melek Taus, Engel aus der jesidischen Mythologie, Anm. d. Ü.

Mann ganz anderen Blutes für Nigos Glück ausgesucht hatte.
Wie schön du bist, Nigo! Was trägst du nur für ein schönes Kleid! Wie deine schwarzen Augen funkeln, wie echte Sterne! Du gleichst dem aufblühenden Kirschbaum, Nigo, du Allerschönste, wie sollen wir dich nur vom Hof gehen lassen, Lillian Gish!
Nigo war ehrlich glücklich, ihr Mann aufmerksam und zuvorkommend.
»Selbst wenn sie lahm, blind und krank werden würde – sie wird trotzdem eine von uns bleiben«, schwor der Opa murmelnd, über den Balkon gelehnt.
»Ma kabula[7]«, stimmte Sinka zu, »aber was soll ich sagen, ich mag den Mann trotzdem nicht.«
»Ja, er ist tot«, antwortete der Opa. »Tamriko hat recht. Aber was soll's ...«
Sie standen auf dem Balkon, lächelten. Die Maisonne strahlte, die Duduk quietschte und die große Trommel brummelte etwas, irgendwas so Gutes, dass alle tanzten und lachten, alle und alles – die Hochzeitsgäste, die Katze Malula auf dem Treppengeländer, der Kirschbaum und sogar der alte Hof selbst. Nigo heiratet!
»Haben sie schon den Apfel zerschlagen?«, rief Tamara, die eine mit Tauben verzierte Torte trug, zu Sinka hoch. »Hab ich's verpasst?«
»Nein, sie machen das nicht«, rief Sinka hinunter, »der kennt das nicht, er ist Belgier.«

---

[7] Kurd. Gebetsausruf, Anm. d. Ü.

»Ach sooo.« Tamriko war enttäuscht.
»Ich hab geheiratet! Ich hab geheiratet!«
Ach, wie Nigo sich freute!
»Ach, Opa, hol das Akkordeon, ja?« Sinka freute sich sehr. »Was macht das schon, dass sie einen Toten heiratet, lass uns Nigo begleiten ...«
Später sagte sie, was hat mich nur geritten, warum hab ich sie nur gehen lassen, aber Sinka hatte selbst gewusst, es war besser so, denn sonst hätte dem Opa auf dem Balkon das Stündlein geschlagen und Nigo die schöne Hochzeit verdorben. So bekam niemand etwas mit, nicht einmal Sinka. Nigo verließ einfach den Hof, glücklich. Sinka stand da, lachte, und als sie den Pfau auf dem Giebel des Blechdaches erblickte, dachte sie, auf Nigo hat ein Engel niedergeschaut, hach, was haben manche doch für ein Glück. Wie konnte sie ahnen, dass der Pfauenengel Melek Taus den Opa besuchte und mitnahm, hinauf, über die wunderbare Stadt zur strahlenden Maisonne.

Du solltest dich an Nina Simone erinnern

> Der Montag hat dich erschreckt, der Dienstag geheilt, der Dienstag erschreckt, der Mittwoch geheilt ...
>
> *Volksweise*

Dann war Sommer, dann kam der Herbst, dann begann der Winter, und das waren sehr lange, sehr traurige Tage.

Sinka wachte auf, arbeitete, aß, lief herum und schlief. Wachte auf, arbeitete, aß, lief herum und schlief. Wenn sie gerade nicht aufwachte, nicht arbeitete, nicht aß, nicht herumlief und nicht schlief, war sie furchtbar traurig.

Sinka dachte an Nigo – und seufzte. Dachte an die Schönlinge – und seufzte.

»Man soll nicht jammern«, hatte Data gesagt.

Ja, das stimmt, Data, aber nur dann, wenn man den Fußboden schrubbt oder sich mit kaltem Wasser waschen muss oder so was, aber das hier war etwas ganz anderes! Und Sinka versank in großem, hilflosem Selbstmitleid und versuchte deshalb statt zu trauern zu arbeiten, zu essen, herumzulaufen und zu schlafen. Aufzuwachen machte ihr überhaupt keinen Spaß, aber wie sollte es anders gehen, im Schlaf konnte sie sich ja wohl kaum aus

der Wohnung schleichen, oder? Jedenfalls wachte Sinka auf und aß und lief herum und schlief.
Data hatte ihr auch gesagt, dass man elf Dinge pro Tag tun soll. Nicht mehr und nicht weniger. Wenn man weniger tut, ist man ein Faulpelz, wenn man mehr tut, ist man einfach ein Dummkopf und hat's nicht anders verdient.
Elf, wie beim Abzählen:
Eins zwei
drei vier
fünf sechs
sieben acht
neun zehn elf
eene meene muh und raus bist du.

Und Sinka tat elf Dinge, absolut immer.
Du weißt doch, Sinka, wenn du mit dem Training fertig bist, sollst du dich mit elf Bewegungen waschen. Elfmal mit dem Handtuch über den Körper und mit der Bürste über die Haare streichen.
Wer hat das gesagt? Data hat das nicht gesagt!
Ich sag's dir, sagte Kotiko, und red nicht so viel. So ist es. Los!
Die Treppe hat elf Stufen. Tatsächlich, wer hätte das gedacht.
Bis auf die Straße sind es zweimal elf Schritte.
Eins zwei drei vier fünf sechs sieben acht neun zehn elf.
Das war's.
Und dann sagte Gaiosa – oh nein, was sollte das denn?

Gaiosa sagte zu Sinka, ja, meine Gute, schon elf Jahre hab ich ein Auge auf dich und du bist eine Gute, und man kann dir nichts vorwerfen, ich schwör's, du kennst mich doch und du weißt doch, nun ja, was soll ich machen, Sinka Mensch, meine Gute, ich pack's nicht mehr mit elf Leuten und, nun ja, was soll ich machen? Aber Karate und Yoga – das schon noch, ja? Und ausgerechnet Aerobic nicht mehr, Gaiosa, du Arsch? Hahaha, wie du schon sagst, Sinka, tja ... Bis zum Elften dieses Monats kein Problem, bis dahin kannst du bleiben und die Kurse und das alles auch, aber danach, nun ja, was soll ich machen, meine Beste ...

»Der kann sich seine Beste in den Arsch schieben!«, rastete Tamriko aus, »Gaiosa, dieser Krüppel, wie sieht er aus, er sollte wenigstens wie ein Mann aussehen, aber nein, was hat mich nur geritten, mich, eine erwachsene Frau, wenn sich eine Frau wegen Gaiosa die Haare färbt, da frag ich dich, was soll man mit der bitte schön reden?«

»Wie bitte?« Sinka öffnete den Mund.

»Ja, ich bin auch so eine«, murrte Tamriko. »Vor hundert Jahren, ich war wirklich noch ein Kind, na gut, vielleicht nicht mehr ganz Kind, aber ein junges Mädchen war ich, gut in Form, und dieser Krüppel hat mich angemacht ...«

»Gaiosa?« Sinka traute ihren Ohren nicht. »Dich hat Gaiosa angemacht?«

»Ja.«

»Gaisoa, dieser Krüppel?«

»Ja, na und?«

»Na ja, was soll ich sagen ...«
»Gar nichts kannst du sagen«, sagte Tamriko tröstend, »der schamlose Idiot. Hier drangedrückt hat er mich.« Tamriko wies auf den von Vorhängeschlössern schweren Gemeinschaftsschrank auf dem Balkon. »Und als er mich anfassen wollte, hab ich ihn angespuckt ...«
»Meine Güte, Tamriko, ich werd verrückt!« Sinka wurde wirklich verrückt. »Wo war Opa? Oh, ich bring diesen Gaiosa um!«
»Es brauchte keinen Opa und keine Sinkas. Er hat sich verpisst, mit Winseln und Miauen.«
»Wow!« Sinka kriegte sich gar nicht mehr ein. »Wann war das? War ich dabei? Warum hast du mir das nicht gesagt?«
»Nein, wo warst du doch gleich? Ach ja, dich gab es noch gar nicht.«
Sie schwiegen. Draußen klopfte der kalte Regen an, arrhythmisch und nervtötend.
»Kaum zu glauben«, sagte Tamriko leise, »in was für Zeiten wir leben. Dass Gaiosa was zu sagen hat ...«
»Sag mal«, Sinka wurde wieder munter, »und wieso hast du dir die Haare gefärbt?«
»Aah«, Tamriko winkte ab, »weil ich dumm war, deshalb. Wofür hältst du dich, guck in den Spiegel, du alte Schabracke, hat er zu mir gesagt, nachdem ich ihn angespuckt hab, und ich war wirklich noch ein Kind und hatte wirklich keine Sorgen, aber ein paar graue Haare hatte ich und dachte, wieso soll ich Gaiosa Gesprächsstoff geben. Und ich hab sie gefärbt. Gama hieß die Farbe

damals. Seitdem färbe und färbe ich, und was für Haare das sind, eher 'ne Flaschenbürste, echt beschissen.«
»Ach, frag mich mal, Tamro ...«, seufzte Sinka. »Ich muss los.«
Allerdings verriet Sinka nicht, wohin sie es so eilig hatte. Das verriet sie nie, es war verrückt, so viel war ihr klar, aber sie selbst wusste ja, dass sie erwartet wurde. Sinka lief elf Stufen, öffnete das Vorhängeschloss und murmelte:
»Ich bin wieder da!«
Auf Sinka wartete ein Teddy.
Vor einer Woche hatte sich ergeben, dass sie zu zweit im Haus wohnten – Sinka und ein Teddy.
Ein Teddy, ein alter, früher mal flauschiger Teddy, den Data Sinka am Tag ihres Kennenlernens geschenkt hatte und der nie zum Spielen da war: Einst hatte er als Kissen für die Liege gedient, und war dann, als er sehr heruntergekommen war, zusammen mit Walnussbaumblättern gegen Motten in einer Tüte aus Sinkas Kinderzeiten mit der stolzen Aufschrift »Marlboro« gelandet, die mit einem Band aus Kunstseide zugebunden war; jedenfalls war dieser Teddy plötzlich zum Leben erwacht.
Als es ziemlich kalt geworden war, hatte Sinka, die beim Gedanken daran, vor Gehirnunterbelastung verrückt zu werden, verrückt wurde, einen Stuhl neben den Schrank gestellt, war raufgeklettert und hatte begonnen, von den obersten Fächern die Wintersachen wegzuräumen, oder besser wegzuschmeißen, denn Ablenkung kann nicht schaden, dachte sie. In den Tiefen des Faches war ihr die

besagte Marlboro-Tüte in die Hände gefallen, sie hatte sie geöffnet und den Teddy herausgezogen. Und ihr Herz machte einen Sprung. Sinka zupfte vorsichtig die welken Blätter aus dem leicht verfilzten Fell, und als sie auf seinen Rücken schlug - um ihn auszuklopfen, etwas anderes hatte sie dabei wirklich nicht gedacht –, erschrak sie plötzlich fürchterlich und sagte laut:
»Entschuldigung!«
Kotiko und Data zerfetzten sich vor Lachen. Sinka schämte sich, kletterte vom Stuhl und setzte den Teddy mit gespielter Verachtung auf die Liege, immerhin hatte sie die anderen Sachen heruntergeworfen, ihn jedoch nicht, sie war heruntergestiegen und hatte ihn hingesetzt. Und war wieder auf den Stuhl geklettert.
Was ist los, Sinkalein?, kicherte Kotiko. Du bist verrückt geworden, stimmt's?
Oh ja, das ist super!, pflichtete Data ironisch bei. Warum hast du das Kissen nicht geradegerückt?
»Ach, lass mich«, murmelte Sinka und warf weiter Kleidung aus dem Schrank.
Später, als der nicht enden wollende Regen vorbeigezogen war und Sinka ihre und Opas Pullover hinausgehängt hatte, fiel ihr der Teddy wieder ein, sie dachte, vielleicht solle sie ihn auch mal auslüften, nahm ihn und hängte ihn an den Ohren auf die Leine. Ob sie nun, während sie an den quietschenden Rädchen der Wäscheleine drehte, dem Teddy in die Augen geblickt hatte oder der Teddy ihr - kein Mensch weiß, was wirklich passiert war. Der Teddy war braun, hatte glänzende Augen und mit

schwarzem Faden aufgestickte Nase und Mund. Er war ein sehr sympathischer Teddy. Was hatte sie als Kind nur gegen ihn gehabt?
Und nun klingelte die erste Alarmglocke, aber Sinka merkte das nicht oder, besser gesagt, sie verstand nicht, was die Glocke bedeutete: Ihr tat der Teddy leid. Sie dachte, wie konnte sie nur so einen großen, knopfäugigen Teddy an den Ohren aufhängen.
Ungeachtet des begeisterten Gequassels der Schönlinge drehte Sinka die Leine schnellstens zurück, nahm den Teddy ab, strich ihm über die Ohren und setzte ihn aufs Fensterbrett.
Aufs Fensterbrett hatte es nun wirklich nicht geregnet, Plüschteddys laufen auch nicht Gefahr, sich zu erkälten, und Angst vor der Dunkelheit quält sie ebenfalls wenig, jedoch beendete Sinka ihren »obligatorischen, dem Verrücktwerden entgegenwirkenden Spaziergang« vorzeitig und rannte förmlich nach Hause. Sie hätte den Teddy hereinholen müssen. Er war so lange in der Tüte gewesen, gemütlich, sorglos, und nun ...
Nicht nur, dass Sinka bis zum Einschlafen dachte: »Hach!«, sie ließ die Nase des Teddys sogar unter der Decke vorlugen, schließlich musste er ja Luft bekommen!

* * *

Und nun kam der Elfte, und Sinka, die in der Morgendämmerung erwacht war, stellte fest, dass es schneite. Ein eigenartiges Licht fiel ins Zimmer, perlengleich. So etwas gibt es nur bei Schnee.

Sinka schlüpfte aus dem Bett, wickelte sich in Opas Morgenmantel, zupfte dem Teddy die Decke zurecht und ging barfuß auf den Balkon.
Es schneite. Es schneite und schneite. Rundum Schnee und Stille.
Herrlich!, dachte Sinka.
Da stand Sinka nun auf dem Balkon, schaute auf den Schnee, auf den Revolutionärsplatz Nummer eins. Mal legte sie das eine Bein über das andere, mal das andere über das eine, wärmte sich die Schienbeine, schwenkte sie ein bisschen, konnte sich aber nicht aufs Geländer lehnen, es lag Schnee darauf, so schöner Schnee!
Einmal, vor langer, uralter Zeit, hatte Sinka den Schnee in Tbilissi verpasst. Jenes eine Jahr war eigenartig gewesen. In jenem Jahr hatte es in Tbilissi zu Neujahr geschneit. Sinka war bei Data, in Natanebi, in der Hoffnung auf einen verschneiten Neujahrstag, und bekam zu ihrem Leidwesen keine einzige Flocke zu Gesicht. Sinka war enttäuscht. Es war zwar sehr schön bei Data, wirklich, mit einem Tschitschilaki-Weihnachtsbäumchen, gehobelt aus Nussbaumzweigen, Chatschapuri mit Ei und aufopferungsvollem Gesang, aber es gab absolut keinen Schnee. In Tbilissi hat es geschneit, sagte Opa, als er sie vom Bahnhof abholte, richtig viel. In den Straßen konnte man das noch sehen, hie und da lag etwas Ekliges Schwarzes herum, was aussah wie Eisklumpen, doch jetzt taugte es weder als Augenweide noch für Schneebälle. Sinka brach es das Herz, aber es war nicht zu ändern. Und als sie dann nach Hause kamen, öffnete Opa

den Kühlschrank und holte vier Schneebälle aus dem Eisfach, mehr hatten einfach nicht reingepasst. Richtige Schneebälle! Sie waren so vereist, dass sie sich damit fast gegenseitig den Schädel einschlugen, aber sie warfen und warfen und lachten laut, bis die Bälle ganz zerfielen, sie wurden zu Flocken, lösten sich auf.
Sinka schaute auf die Flocken, schaute, fror schließlich und kehrte ins Zimmer zurück. Sie zog den Teddy hervor, drückte ihn an die Brust, setzte sich vorm Ofen auf den Fußboden, hielt ihre Füße an die warmen Kacheln und wandte sich an die Schönlinge:

Ich hab nichts mehr, wo ich hingehen kann.
Und mir ist zum Heulen.
Ich hab kein Geld,
ich hab keine Arbeit,
ich hab keinen Opa,
ich hab nichts zu tun
und ich hab keine Chance, irgendwas zu finden.
Absolut keine Chance.
Und bald ist mein Feuerholz alle.

Wer hat das denn gesagt?, fragte Kotiko interessiert.
»Ich sag das«, antwortete Sinka.
Als ob, kicherte Kotiko.
Sinka grübelte.
»Ja, irgendwas Bekanntes, weiß du. Irgendein großes Ding.«
In Sachen Rhythmus bist du nicht ganz sattelfest, an-

sonsten wäre das für dich gar kein Problem, sagte Kotiko amüsiert. Alles Üben für umsonst! Na gut, du kannst kein Englisch – das nicht, aber gepaukt hast du's ja, und die Melodie? Hm?
Nina! Hurra! Nina Simone!
Genau so, sagte Kotiko beschwörend, und was sie nicht hatte, hast dafür du, Sinaida Gänsehirn. Na, was hast du? Wenn du von elf Antworten eine richtige gibst, bekommst du von Data eine Zwiebelmedaille umgehängt.
Das Akkordeon!!!
Sie scheint gar nicht mal so ein Gänsehirn zu sein, sieh mal einer an!
Traviata, Raviata, meine Schöne, meine Liebe, Raviatissimo, Superduper-Raviata, verzeih mir, Sinaida der Idiotin! Wie konnte ich dich nur vergessen?
»Nina, ich bin dir was schuldig!«, brüllte Sinka.
Nina, sagt sie? Was für ein undankbares Weib diese Sinka ist, seufzte Kotiko, und Data pflichtete bei: Ja, absolut.
Und siehe da: Als der Hof schon eine Weile zum Leben erwacht war, als Tamriko sich schon geärgert und Wetter und Regierung beschimpft und auf hunderte Arten und Weisen verwünscht hatte, als Malula schon endlos herumgestreunt und mit ihren verdammten Pfoten in ihrem provokanten Alphabet irgendwas auf die Veranda der Singers geschrieben hatte, sicherlich etwas Schlechtes, trat Sinka auf den Balkon.
Sinka war herausgeputzt. Jedenfalls aus ihrer Sicht. Sie trug ihr sargtaugliches Kleid, auf ihrer Brust baumelte der Bernstein von der Prokowjewna, sie hatte die Schuhe

so auf Hochglanz gebracht, dass sich, ihrer tiefen Überzeugung nach, die vollgeschneite Wäsche auf ihrem Fuß spiegelte, den sie auf das Balkongeländer gestellt hatte. Sinka trug das Haar offen und ließ es über die aufgeknöpfte, leidgeprüfte Zwangsarbeiter-Wattejacke fallen.

»Hurra, ihr Straßenkinder!«, rief Sinka, genauso, wie der Opa vor großer Freude gerufen hatte, und Sinka wusste wie der Opa genau, dass alle sie gehört hatten, das gesamte Viertel, der gesamte Hof, inklusive der gealterten und neidischen Lekwischwili. Lasst uns alle tanzen!

Die Raviata fing an zu brummen und der Revolutionärsplatz Nummer eins hörte den entzückenden Ruf:

Schönes Schiff,
Segel, Anker, Meer,
möchte keine and're mehr,
ich warte nur auf dich.

Meine Schöne,
dein Feuer verbrennt mich,
und unten am Mtkwari hab ich
ein schönes Schiff!

* * *

»Komm abends vorbei«, Wacho war gnädig, »und ich hör dir zu. Und ich bin gespannt, ob es bei den Leuten ankommt. Schauen wir mal.«

Sinka musste lachen.

Wacho war verwirrt, aber ließ sich, so gut er konnte, nichts anmerken.
Komm so um acht bis um elf. Machst du mit mir ’ne Prüfung, ’ne dreistündige? Klar, ist so üblich. Wo soll das sein? Bei mir im Pub. Und wie viel zahlst du? Für was? Für drei Stunden. Das klären wir später. So funktioniert das nicht. Sinka, das ist ’ne Probe. Mann, Wacho, ich bin Sinka.
Wacho schluckte.
»Ich weiß. Und deshalb sag ich dir, komm heute Abend.«
»Für wie viel?«
»Tja, schauen wir mal ...«
»Das war ein supersinnloses Gespräch«, erzählte Sinka später Tamriko. »Das Pub, na ja, gar nicht so übel. Er hat da Bilder von irgendwelchen toten Leuten hängen, die hat er auch auf der Brücke gekauft, klaro, die Vorfahren von Wacho dem Dorftrottel, falls er überhaupt welche hatte, die haben hundertprozentig Mulis gemolken, die hatten bestimmt nicht mal ein Foto für den Reisepass, die Armen ...«
»Wacho ist dumm«, Tamriko nickte, »dämlich. Dagegen hilft kein Geld. Er ist dumm und wird dumm sterben.« Tamrikos Snobismus war unheilbar. »Übrigens, bravo. Ich hab die ganze Zeit gedacht, was sollen wir nur machen, und jetzt hast du das super hinbekommen, bravo. Wie lange hättest du noch rumspringen sollen wie eine Ziege. Du wirst hingehn, spielen, singen, irgendwas ... Gibt er dir was zu essen?«
»Wer, Wacho etwa?!«

»Tja …«, seufzte Tamriko, »na, dann mach ich dir was.«
»Eingelegte Auberginen etwa? Kalte. Im Schnee. Na super.«
Tamriko plusterte sich auf.
»Na, bring halt her«, Sinka gab auf, »dann werd ich also sterben, ohne mich zu quälen. Wacho wird's auch überleben. Außerdem tötet es doch schnell, oder? Eingelegte Auberginen. Ich werde nicht bis elf zählen können …«

Der Morgen wird schlimm

Das Gehirn einer Sau teilen sich acht Frauen.
Swanisches Sprichwort

»Meine Damen und Herren. Mädels und Jungs. Ich bin Sinka Mensch. Das Akkordeon heißt Raviata. Wir werden euch heute von einem Menschen erzählen, der Nina heißt. Nina ist anders. Nina ist schöner als wir, schlauer als wir und außerdem hundertmal besser als wir. Sie wohnt sehr weit weg, in Amerika, aber sie singt für uns. Ich kann nicht gut erzählen, die Raviata kann überhaupt kein Georgisch, deshalb werden wir euch das vorsingen. Das ist Ninas Lied. Gewidmet den Schönen, allen Schönen. Ihr seid auch alle schön.«
Sie hörten nicht besonders gut zu und als schön konnte man sie auch nicht bezeichnen, aber es waren viele, hauptsächlich Männer aus dem Ausland und zwei Tische mit Frauen von hier, oder eher Mädchen, sehr schick angezogen, mit gereckten Hälsen. An der Bar hatten zwei Männer Stellung bezogen. Der eine sah aus wie ein riesiger rothaariger Pirat aus einem Film aus Kinderzeiten, nur dass er total unpiratenhaft grinste und Kaffee trank, der zweite stand mit dem Rücken zu Sinka, aber er war unverkennbar Tbilisser.
Sinka gefiel das Publikum.

Einmal, vor ewigen Zeiten, damals war auch Winter gewesen und es hatte geschneit, musste der Opa zum Arbeiten nach Pizunda fahren und Sinka durfte mit. Zu so einer Zeit machten normalerweise diejenigen Urlaub, die zur Saison keine Reiseschecks kaufen konnten. Sie kamen aus der gesamten Sowjetunion. Der Opa nannte diese Leute »Слава РКП« – Ehre der Arbeiter- und Bauernpartei. Sinka liebte diese Leute. Damals waren sie fast einen Monat lang in Pizunda gewesen, und der Opa hatte jeden Abend so begonnen: »Meine Damen und Herren. Mädels und Jungs. Ich bin Aleksi Mensch. Das ist die Raviata. Wir stellen euch heute ein Mädchen vor, auch eine Mensch, die heißt Sinka ...« und die Raviata legte los und Sinka sang das Lied der Blumenverkäuferin Anuta:

и зимой и весной
аромат полевой
и цветочная пыль в магазине ...

Im Winter und
im Frühling
durchweht der Duft den Laden ...

Die Frauen und Männer tanzten, applaudierten dem Opa und Sinka, und dann, als alles sich dem Ende zuneigte, küsste der Opa für gewöhnlich Raviata und sagte zu Sinka: Wir haben das Publikum geliebt, stimmt's, Sinka? Und Sinka nickte ehrenvoll: Ja, das haben wir ...
Das jetzt war eine andere Geschichte. Jetzt musste Sin-

ka sich bei Nina bedanken, und obwohl sie nicht genau wusste, was sie sang, erzählte sie von Herzen, es sei für sie ein neuer Sonnenaufgang, ein neuer Tag und ihr gehe es gut, ihr gehe es gut, gut.

Hier tanzte natürlich keiner. Sie saßen da, aßen, tranken, flirteten miteinander. Na und. Auch das ist schön, sehr schön sogar. Sinka war nur die Untermalung, aber das störte sie nicht, im Gegenteil, sie sang dies und spielte das, was sie am besten konnte und am liebsten mochte, und ob sie nun zuhörten oder nicht, war nicht Sinkas Problem. Hauptsache, sie blieben sitzen und gingen nirgendwohin, Wacho sagte keinen Mucks, dieser Dummkopf, und als die ersten fünfundvierzig Minuten vergangen waren, reichte der dumme Wacho Sinka ein großes Glas mit einer Pfütze Cognac und sagte, sie habe es geschafft.

Sinka schmunzelte, schaute auf die Uhr – so, dass es Wacho sah – und strebte zur Bar. Ein Auge hielt sie auf die Raviata, die auf einem Stuhl stand, man kann ja nie wissen, manchmal geht es mit dem Teufel zu. Sinka stellte sich an die Bar, schaute ins Glas, der Cognac war verschwunden, wie Kotiko sagen würde, völlig proletarisch, und jener Tbilisser Mann, der ihr die ganze Zeit den Rücken zugekehrt hatte, schaute sie an und sagte:

»Du singst gut.«

Ich weiß, dachte Sinka, sprach es jedoch nicht aus, lächelte ihn an und schaute wieder in ihr Glas, traurig, ehrlich ohne Hintergedanken, aber als der Mann dem Jungen hinter der Bar zu verstehen gab, er solle ihr ein-

schenken, war sie doch geschmeichelt. Sinka lächelte dem Mann erneut zu.
»Nur Englisch kannst du nicht«, sagte der.
»Ich hab keine Ahnung davon«, stimmte Sinka zu und gab dem Barjungen zu verstehen, sei kein Schwein, schenk ordentlich ein.
»Singst du nicht auf Georgisch?«, fragte der Mann.
»Doch. Super.«
»Und?« Der Mann amüsierte sich offenbar.
»Mal sehen«, erwiderte Sinka. »Mach ich vielleicht. Am Schluss.«
»Dann bleibe ich noch.«
»Ja.« Sinka nickte. »Deswegen hab ich dir's gesagt.«
Das wird gut, dachte Sinka und stand auf. Der Tbilisser schaute sie an. Sinka wusste genau, warum. Schau mich nur an, dachte Sinka, ich werd mir auch ansehen, was du für ein Typ bist.
»Bring die Leute zum Tanzen«, flehte Wacho.
Mach mal halblang, Junge, dachte Sinka und antwortete freundlich: »Mach ich.«
In jenem Winter in Pizunda hatte eine Frau ebenfalls dort Urlaub gemacht. Sie war allein angereist. Wahrscheinlich war sie für Höchstleistungen bei der Arbeit mit einem Reisescheck belohnt worden oder so. Diese Frau trafen sie einmal auch tagsüber, der Opa und Sinka gingen am Strand spazieren und sie kam ihnen aus der anderen Richtung entgegen, allein, nahe am Wasser. Sie trug einen hellblauen dicken Mantel und über dicken Socken hellblaue Schnürschuhe. Sie war eine unschein-

bare Frau, man würde sie nicht wahrnehmen. Es war nur so, dass, als sie gerade aneinander vorbeiliefen, eine Welle sich aufbäumte und der Frau die Schuhe durchnässte, und als das dem Opa leidtat, lächelte sie, erbarmungswürdig, als hätte sie etwas verbrochen und blieb stehen, so stand sie da, lächelnd, und als der Opa sie fragte, ob sie sehr nass geworden sei, antwortete die Frau, er bringe immer andere zum Tanzen, ob er selbst nie tanze? Und der Opa sagte, er könne leider nicht tanzen, er sei lahm, und die Frau war völlig verdutzt und lächelte wieder, noch betroffener. Dann, als sie weitergingen, sagte Sinka zum Opa, ich glaube, diese Frau ist dumm, und der Opa erwiderte, es sei eine außergewöhnliche Frau, du hast ja keine Ahnung, Sinka, was das für eine tolle Frau ist, und am Abend zum Tanz sang der Opa davon, dass unterwegs am Neglinka-Fluss Musik als blauer Regen heruntergekommen sei, und während er spielte und sang, schaute er ständig zu der Frau, und die Frau saß da, lächelte und wenn jemand sie zum Tanzen aufforderte, schüttelte sie nur den Kopf.

»Und jene junge Frau«, erzählte Sinka, über die Raviata gebeugt, »hatte unschöne dicke Leggins an und kleine, feine hellblaue Schuhe. Und sie begegnete einem Mann ...«

Um Gottes willen, wechselt bloß nicht die Platte, zu diesem Walzer haben wir im Jahre 37 getanzt, ging ihr ein Liedtext durch den Kopf.[8]

[8] Lied von Alexander Rosenbaum: Walzer des Jahres 37, Anm. d. Ü.

Das ist gut, schau mich nur an, dachte Sinka, danach werd ich dich anschauen.
»Männer sind ein total berechenbares Volk.« Als sie diese Geschichte hörte, nickte Tamriko. »Nur bei deinem Opa hab ich nie kapiert, wo links und wo rechts ist ...«
Vielleicht kann man nicht alles verallgemeinern, meine Tamriko. Aber an jenem Abend wusste Sinka schon, wie das enden würde: Wacho, extrem zufrieden, wand sich ein bisschen, aber bezahlte sie. Sie einigten sich darauf, dass Sinka zunächst an zwei Abenden pro Woche arbeiten solle »und dann sehen wir weiter«. Sinka wurde beim Herauskommen aus dem Pub auf der gegenüberliegenden Straßenseite von dem Tbilisser Mann erwartet, der schlug vor, ihr das Akkordeon zu tragen. Natürlich bekam er einen Korb. Natürlich nur hinsichtlich des Akkordeontragens.
In jener verschneiten Nacht stellte sich heraus, dass der Mann Abo – Abessalom – hieß, weil seine Mutter Opernsängerin war und von der Rolle der Eteri träumte, aber daraus war nichts geworden und deshalb hatte sie ihren Sohn Abessalom genannt.
»Das heißt, sie war untalentiert und, äh, ein klein bisschen dumm«, stellte Tamriko fest.
... und dass dem Mann Sinkas Vokalbeitrag gefallen hatte ...
»Das Wort hat er benutzt? Wow ...«
... und er ihr eine Erweiterung des Repertoires vorgeschlagen hatte ...
»Sieh mal einer an!«

... und er später zu Sinka gesagt hatte, komm, lass uns zu mir gehen ...
»Ich zeig dir meine Briefmarkensammlung, hat er bestimmt gesagt«, kicherte Tamriko.
»So in etwa, Tamrilein«, berichtete Sinka, »aber ganz so war es nicht. Er hat gesagt, er hätte gute Schallplatten.«
»Oho!«, rief Tamriko amüsiert. »Für manche hat die Phantasie eben doch Grenzen!«
»Und Strom gab es auch nicht in dem Viertel, Tamriko, also hatte sich das mit den Discs erledigt!«
Und so landeten sie bei Sinka zu Hause, am Revolutionärsplatz Nummer eins – heimlich, still und leise. Was hast du nur für ein Schloss, krass. Was gibt's da zu meckern? Nichts. Leise. Wow, schön warm hier. Der Ofen. Kachel-? Wow ...
»Eine tolle Geschichte«, stellte Tamriko fest.
»Ja.« Sinka nickte. »Stimmt.«
Nur, dass der Mann Abo vorm Einschlafen, als sie die einsam flackernde Kerze löschten, sagte:
»Der Morgen wird schlimm.«
Sinka hatte keinen Nerv, über dämliche Aussagen nachzudenken, sie lächelte nur. Sie war sehr müde und schlief gleich ein, mitten im Lächeln. Was du für ein toller Mann bist, Abo.
Am Morgen war Abo nicht mehr da. Man brauchte auch nicht groß zu suchen, er war einfach weg.
»Ach, fick dich doch«, sagte Sinka, laut und inbrünstig. Trotzdem wurde ihr das Herz schwer.
Wie Data sagen würde, bedeutet Erfahrung nicht, dass

man etwas nicht mehr tut, Erfahrung ist, wenn man genau weiß, dass man auch das übersteht.
Tja, irgendwie schon, dachte Sinka. Sie schaute zum Teddy, der achtlos auf dem Tisch abgelegt worden war, aber war zu träge zum Aufstehen, drehte sich um und schlief wieder ein. Und sie schlief und schlief, bis sie ausgeträumt hatte.

Mutter

Mach dich über Joe Dassin lustig.
Tbilisser Ausspruch

Es war dämmrig, die Nacht brach herein. Da war eine Schlucht, nahezu unberührt, so eine war das. Eine tiefe Schlucht, und davor ein Berg, darüber Bäume, genauer gesagt Fichten, und Wasser plätscherte entlang, an alles konnte sich Sinka nicht mehr erinnern. Sie war selbst dort, in jener Schlucht, zusammen mit einer Frau. Es war eine elegante, dünne Frau, dunkelhaarig, eine große, weiche Haarsträhne hing ihr in die Stirn und sie trug eine Brille mit schwarzem Gestell. Einen blauen Mantel. Sinka war mit der Frau zusammen, zusammen mit ihr war sie die Schlucht heraufgelaufen, und selbst war sie sehr klein, und sie liebte die Frau so sehr, dass sie meinte, ihr Herz müsse vor Liebe zerspringen.

Die Frau fühlte sich in der Schlucht pudelwohl, als ob sie alles kannte, nichts fürchtete, obwohl es eine wilde Schlucht war, undurchdringlicher Wald. Die Frau wusste genau, wohin sie ging. Es war, als ob sie nach Hause käme, und auch Sinka fürchtete sich nicht. Sie stand da und schaute die kleine Frau an. Die Frau schaute nicht Sinka an, etwas hatte sie mit der Schlucht vor. Sie wusste etwas, was Sinka nicht wusste oder vergessen hatte. Sinka dachte: Ist diese Geschichte wirklich passiert oder hat sie sich im Traum wiederholt, oder was soll das alles bedeuten? In jener Schlucht war die kleine Frau ihre Mutter.

Sinka lief im sonnenbeschienenen grünen Tal, zwischen Hügeln, zu einem Teich, auf Wegen, die nur in Märchenbüchern abgebildet sind, und sie wusste, dass einst bei jenem grünen Teich ihre Mutter gespielt und einen Plastikschwan hineingelassen hatte, und es war der Schwanensee.

Dann geriet alles durcheinander: Die Frau, die Sinka nicht sehen konnte und die Kukia hieß, im blauen Samtkleid, und ein riesiger Leuchter, der langsam, ganz langsam verschwand, und die ringbesetzte Hand der Frau Kukia und ein Butterbrot mit einer hauchdünnen Wurstscheibe darauf, und noch irgendeine Frau, die ein graues Kleid trug und einen kleinen grauen Hund hatte, und Opas Stimme: »Sei Gott dir gnädig, meine kleine Lala!«

»Das andere kenn ich nicht, aber das ist die Oper«, sagte Tamara, »Da gab es so ein Licht, das langsam ausging. Ich bin da schon gewesen und mir fällt's wieder ein. Kukia kenne ich auch, ja, das war eine Frau, aber gesehen hab ich die nicht. Aleksi war einmal ihr Mieter, beim Kukia-Viertel, aber was das mit dir zu tun hat, versteh ich nicht. Hat sie dich in die Oper ausgeführt? Moment mal, war das etwa auch eine von Aleksis Tussis?«

Sinka zuckte mit den Schultern.

»Keine Ahnung. Ich kenne weder diese angebliche Mutter noch eine Kukia, und wer die graue Frau ist, hab ich nicht den leisesten Schimmer. Ich bin am Durchdrehen, oder? Und da ist noch so eine Art Eisentreppe, eine gewundene, ich geh hoch und hab mächtig Mühe. Es sind hohe Stufen und sie enden nicht mehr. Und wir sind irgendwo mit Datas Auto, es ist Nacht, am Anstieg, es ist Pflaster, und im ersten Stock wohnt einer, Data reicht ihm was ins Fenster hoch, aber dort ist irgendwas geheim, das darf ich niemandem verraten.«

»Was denn, was er ihm gegeben hat?«

»Nein, den Ort, und dass wir da waren, das auch nicht. Es ist in Tbilissi, bloß irgendwo auf einer Anhöhe. Keine Ahnung.« Sinka hatte das Lampenglas fertig geputzt, setzte es auf die Lampe, stellte sie auf die Kommode zurück und löschte die Kerze, die in einer Flasche an Tamrikos Kopfende steckte. »Економика должна быть економной.«[9]

Tamriko war krank. Bis jetzt hatte sie sich nicht darum geschert, lief herum, nieste, schmierte sich sich Öl in die Nase, zog essiggetränkte Socken an und legte sich ein Kohlblatt als »ein medizinisches Pflaster« auf die Stirn, aber nichts half, und Tamriko musste sich hinlegen. Tamara lag, glühte, schniefte und träumte vom Sommer, Türkischem Kaffee, der Sendung »Illusion« und vom Sommer, Eskimo-Eis, vom Haarekurzschneiden und vom Sommer. Sinka sagte, wenn du willst, schneide ich dir die Haare kurz, aber ich weiß nicht so recht, wenn's

9 »Die Ökonomie sollte ökonomisch sein« – eine Devise der 1990er Jahre.

Sommer wird, dann ist das sicher besser, und Tamriko gab nach.
Dieser Winter hört nie auf, niemals, dachte Sinka, und der Krieg auch nicht. Und es bleibt alles so, wie's ist bei uns, mit der Lekwischwili, Tamriko und mir, im Dunkeln, im leeren Hof, und wir werden aussterben, und keinen wird's jucken, wen zum Teufel sollte das schon jucken ...
»Trink jetzt«, sagte sie zu Tamriko, »los, sei nicht undankbar, zur Diebin hab ich mich gemacht wegen dir, für meine Tamro heißen Tee mit Cognac, so was, und was machst du?! Na los, sonst kipp ich ihn weg, ich schwör's. Ich will nicht, ich hab schon was bei Wacho getrunken, na los! So, austrinken, sonst wird er kalt und nützt nichts. So! Willst du wirklich nichts essen? Hm? Überleg's dir. Wenn nicht, dann eben nicht.«
Sinka zog die Schuhe aus, kletterte auf Tamrikos Liege, klemmte sich die Schlummerrolle hinter den Rücken und steckte die Füße unter die Decke.
Tamriko gefiel das nicht.
Du machst es dir doch nicht etwa zu bequem? Geh heim, Mädel! Mir geht's doch gar nicht schlecht. Geh, Mädel, lass mich in Ruhe. Ich bin müde und außerdem hab ich keinen Bock auf irgendwelche Sinkas. Als wäre eine Sinka so aufopferungsvoll!
Einmal, als Sinka noch ganz klein war, steckten Temiko und Suriko sie mit Masern an, und Sinka starb. In Wirklichkeit starb sie natürlich nicht, aber zumindest ging es ihr sehr, sehr schlecht. Damals wirbelte Tam-

riko ständig um sie herum und veranstaltete Dummheiten: Sie legte eine rote Decke über den Wandschirm und sammelte zum Ärger vom Opa im Hof alle Sowjetfahnen zusammen. Opa wollte sich mit ihr anlegen, aber Tamriko sagte, mach das später, jetzt geht das nicht, die Herren werden wütend und nehmen Sinka mit, und auch Data meinte zum Opa, umbringen kannst du sie später, als ich mich mit ihr angelegt hab, kriegten meine Kinder so hohes Fieber, dass sie fast draufgegangen wären, und der Opa gab nach. So wohnten sie die ganze Woche, in roten Fahnen, weil alles rot sein musste: Wände, Bettzeug, Essen. Tamriko kannte es so und zog es durch.

Eines Nachts schlief Sinka nicht. Der Opa schlief, Sinka nicht. Sie lag da, und als das Licht durchs Fenster hineinfiel - damals fiel es noch hinein, im Hof brannte eine Glühbirne, die im Wind schaukelte -, in jenem Licht fing Sinka an, die Sonnenstrahlen auf der roten Fahne zu betrachten, im Uhrzeigersinn, von oben beginnend nach unten, und das machte ihr unheimlich Spaß. Mit den Augen folgte sie den Strahlen, schaute jeden einzelnen Strahl eine Sekunde lang an, dann den nächsten, und hatte viel Spaß. Sinka begriff: Wenn sich der Kreis schloss, wenn sie zum oberen Strahl gelangte, würde Sinka sterben, und da bekam Sinka riesige Angst, aber es machte so einen Spaß!

Weiter konnte Sinka sich nicht mehr erinnern. Angeblich war sie aufgestanden, um den Wandschirm herumgegangen, hatte sich ans Kopfende des schlafenden Opas ge-

stellt und zu ihm gesagt: »Opa, ich werde sterben!« Und war in Ohnmacht gefallen. Allerdings erinnerte sich Sinka nicht daran.
Sinka erinnerte sich, dass der Opa gebrüllt hatte, dass Tamriko hochgewackelt kam, und sie erinnerte sich an Opas Gebrüll und Tamrikos sehr sanfte, unglaublich schöne Stimme und kühlen Hände, und daran, dass sie Tamriko an die Brust drückte und sagte: »Sinka hat gesagt, ich bin Sinka, außerdem bin ich irgendeine Finka, ich, Jungs, bin Sinka, ich bin der Musiker Glinka ...«
Ich geh nicht weg, Tamri. Um diese Mitternachtszeit will ich weder Holz hacken noch in einem eiskalten Bett liegen und erst recht nicht über irgendwelche Frauen nachdenken. Wenn ich noch mal von einer träumen sollte, werd ich vom Balkon springen, und klar, ich werd nicht sterben, sondern mir vor deiner Tür das Bein brechen und du musst dich dann um mich kümmern. Du aber, du wirst dich nicht um mich kümmern können, weil du fiebrig bist und dumm, eine Nacht lang hat man von dir mal den Vorteil, dass man sich kostenlos wärmen kann, und jetzt heißt es: Hau ab. Bravo, Tamriko, echt mal. Dass eine Frau mit Fieber geizt, ist mir wirklich noch nicht untergekommen.
Tamriko verstummte. Die Decke knarrte: Die Lekwischwili ging auf und ab.
»Wie man das hört, pah!«, sagte Sinka verwundert. »Hat man das schon immer so gehört?«
»Keine Ahnung«, antwortete Tamriko, »wahrscheinlich.

Früher war es einfach nicht so still hier. Oh«, sagte sie plötzlich und versuchte sich aufzurichten, »oh, Sinaida, weißt du, was du machen sollst?«

»Ich werd nicht gehen«, entgegnete Sinka.

»Das ist mir klar«, seufzte Tamriko. »Tja, wenn du weiterhin hier sitzen und mir auf die Nerven gehen musst, nur zu, tu mir was Gutes ...«

»Was denn?«

»Hol die Raviata runter. Einmal soll sie bei mir zu Hause spielen, ja? Ich mag diese Stille und Dunkelheit und das Fieber und das Gepolter der Lekwischwili nicht mehr. Sie tut mir leid, und ich ertrag das nicht mehr. Ich hab ihr doch frei heraus mindestens hundertmal gesagt, Sie können gerne runterkommen, meine Liebe, wenn Sie sich einsam fühlen in dieser Dunkelheit, in dieser Dunkelheit können Sie sowieso kein Buch lesen, kommen Sie doch runter, wir setzen uns zusammen hin, Sinka hat humanitäre Hilfe nach Hause geschleppt, gelbe Bohnen, Kaschka aus Polen, irgendwas. Aber nein, sie ist nicht gekommen. Also hol die Raviata runter, nur dieses eine Mal. Ja, Sinkalein?«

»Ach Mensch« – Sinka steckte die Füße in die Schuhe – »hättest du das mal früher gesagt! Denk du dir inzwischen aus, was wir singen sollen, lass uns machen, was sie will. Wer weiß, in welcher Form das Mädel ist.«

Als sie schon an der Tür war, rief ihr Tamriko nach: »Übrigens, ist der heilige Abo von Tbilissi nicht aufgetaucht?«

»Nein.« Sinka kramte die Dynamotaschenlampe aus der

Jackentasche und ließ sie losquäken: »Er hat mich abgelegt, ein für alle Mal.«
»Wart's ab«, war Tamrikos Stimme aus dem Zimmer zu hören, »drei Monate sind keine lange Zeit …«
»Du bist aber gut im Bilde!«, sagte Sinka lachend. »Ich bin gleich wieder da. Nicht einschlafen!«

* * *

Der Strom kam wieder.
»Gerade zur richtigen Zeit.« Sinka stand seufzend auf, schaltete das Licht aus und ging zurück ins Bett. »Zieh den Arsch ein.«
Die Lekwischwili lief wieder auf und ab.
»Schläfst du?«
»Nein«, antwortete Tamriko, »du?«
»Ich auch nicht.«
So lagen sie, Kopf an Fuß, Tamriko und Sinka.
»Weißt du was?«, flüsterte Tamriko.
»Nein.«
»Ich denke, die Frau in der Schlucht könnte Niniko sein. Die hatte solche flauschigen, dunklen Haare. Zwar keine Brille, aber so, wie du von der Frau erzählst, ist sie wie Niniko. Die war so, frech. Dünn, klein und dermaßen unverfroren, du würdest dich wundern.«
»Tamriko, Niniko gucke ich an, seit ich denken kann, bei mir hängt ein Porträt, so groß wie ich. Ich sag dir: Sie hat so schwarze Haare wie die aus der Schlucht und ist sehr dünn.«
»Welches Porträt denn?«

»Tamriko, du hast doch nicht wirklich Fieber?«
»Das, was bei dir hängt?«
»Ja!«
Tamriko fing an zu lachen.
»Aah ...«
»Leck mich mit deinem Aah! Was soll das?«
Sinka sprang wieder auf und schaltete das Licht wieder an. Tschechisches Kristall und Spinnweben. Tamriko stützte die Ellbogen ins Kopfkissen und grinste Sinka an.
»Du machst dich über mich lustig, stimmt's?«, sagte Sinka angriffslustig. »Ich dachte, sie wird sich doch wohl keine Gehirnentzündung eingefangen haben ...«
»Sinkalein«, sagte Tamriko, »die, die da gemalt ist, die Blonde, Pausbäckige, die aussieht wie ein Engel, wer soll das sein, Niniko?«
»Klar, wer sonst?«
»Wenn das Niniko ist, bin ich Gina Lollobrigida.« Tamriko legte sich wieder auf den Rücken. »Also, als Kind hab ich ihr wirklich ähnlich gesehen. Also, wieso sollte ich dich verarschen, ich hab später auch gegrübelt, aber was gab's da schon zu grübeln. Ich hab bloß nicht so darüber nachgedacht wie du. Du, nun ja, du hast sie nie gesehen, und als wir drüber geredet haben, hast du nicht zugehört. Egal. Aber ich hab sie wahnsinnig gut gekannt, in- und auswendig hab ich Niniko gekannt, wir sind sogar zusammen ins öffentliche Bad gegangen, aber was hat's am Ende genützt, zusammen ins Bad zu gehen und sich in- und auswendig zu kennen? Sie ist ganz an-

ders. Also total anders. Ja, Sinka, Dina Taubina hat sie gemalt, das steht drauf und so ist es. Das ganze Viertel wusste, was für eine tolle Malerin Dina war, Gott hab sie selig. Aber Niniko ist das nicht, auf keinen Fall! Ich weiß auch nicht, was sie damit bezwecken wollte. Ich hab keine Ahnung. Genauso wenig, warum Data in seinem ersten Gefecht zum Invaliden wurde. Hast du schon mal drüber nachgedacht? Dass er ein Gewehr hatte, ein Geschenk von Konew, wusstest du das nicht? So eins hatten nur Generäle, ja genau, die Oberste! Wer weiß schon was, Sinka, und wozu zum Teufel willst du das wissen. Ich weiß absolut nicht, wer Aleksi Mensch war, woher er kam, und du – weißt du's? Ich weiß nur, dass er der Mann war, den ich mein ganzes Leben geliebt habe und jetzt noch liebe, na ja, was soll ich machen ... Auch du hast meine lieben Eltern nicht gekannt, darum geht's nicht, selbst ich kann mich kaum erinnern, ich glaub, ich denk mir alles nur aus ...«

Sinka steckte die nackten Füße wieder in die Schuhe, setzte sich in den abgewetzten Sessel und schaute zu Tamriko.

»Na gut, dann sag ich dir was ...«

Na, dann lass uns die Karten auf den Tisch legen, Kamerad, na los. Ich weiß, wer du bist, aber fang dann bloß nicht an rumzuheulen. Du warst eine scheiß Tkatschicha, gut, eine Weberin, stimmt doch, oder? Und ich weiß doch, was die Stadt der Weberinnen ist. Jawohl, Frau Tamriko. Sie heißt Iwanowo. Und als du dort gearbeitet hast, du Mitglied der Arbeiterklasse, es lebe die Arbeiter-

und Bauernpartei, hast du einen Akkordeonspieler kennengelernt, beim Tanz, haha, liege ich da richtig, meine Schwalbe? Tjaaa, das Glück war dir hold, aber so einfach konntest du ja nicht den Bastard eines Akkordeonspielers mit nach Tbilissi nehmen, stimmt's? Und dort war das ein großes Ding und tadaaa – die Legende war geboren! Aleksi wurde ein Mädchen untergeschoben, aus Russland ... Super, meine Gute! Dir konnte nichts mehr passieren! Ich sehe, wer hier krank ist! Die Prokowjewna? Ja, von mir aus, die war krank, die liebe Nachbarstante, eine »Ehemalige«, du hast dich am Ende um sie gekümmert und sie hat dir das Zimmer hinterlassen. Niniko? Nein, die war es absolut nicht. So ist es. Wir werden uns zwar nicht einig, ob sie schön blond oder schwarzhaarig war, aber du sollst wissen: Ich bin sehr zufrieden, Mutter. Du hast mir schon immer gefallen – und jetzt umso mehr. Muttiii! Rutsch mal, wenn du meine Mutter bist, ich erfriere ... Ach, Mutti!
Sinka umschlang Tamrikos Beine, Tamriko drückte die von Sinka an die Brust. Wie toll so eine heiße Tamriko ist! Wie du spinnst, du Arme. Was du nicht sagst. Nein, du spinnst, weißt du. Hast du 'nen Riesenarsch, rutsch doch mal, Mensch! Wie redest du nur mit mir, ach, was soll ich machen ...

Abo!

> Als Klassenkampf bezeichnet der Marxismus den Antagonismus, der als Resultat der Klassenausbeutung einerseits und der ungleichen Entwicklung von Produktivkräften und Produktionsverhältnissen andererseits entsteht.
>
> *Georgisches Bildungslexikon, wunderbare Ausgabe aus den 1990ern, auf der kein Datum vermerkt ist*

Sinka stand auf dem Balkon und putzte ihre Schuhe. Mit Frittierfett der Marke »Samarkand«.
Ein eigenartiges Wesen putzt seine eigenartigen Schuhe mit eigenartigem Fett, stellte Data fest.
»Kauf mir neue und dann schmeiß ich die weg, kein Ding«, knurrte Sinka.
Im Hof kamen und gingen die Handwerker, unaufhörlich lärmten, klopften sie und lachten wie die Esel. Sinka aber putzte Schuhe und dachte, dass dieser Sommer nicht mal für die Schwalben taugte. Selbst Malula konnte solchen Krach nicht ertragen, die Vögel bauten ja sowieso kein Nest.
Ich ertrag euch nicht, dachte Sinka, eines Tages sollt ihr tot umfallen.

»Sinaida.«
»Ja?«
Die Lekwischwili. Die Lekwischwili hatte Sinka etwas zu sagen. Die Lekwischwili kam zu Sinka herüber, das erste Mal im Leben. Sie setzte sich auf die Ottomane, schlug die Beine übereinander. Oder nein, sie warf sie übereinander. Die Lekwischwili zog eine Zigarette heraus und schaute sich suchend um. Ich hole ihn gleich. Hier, bitte schön, Frau Lekwischwili. Die Lekwischwili fing an zu reden und Sinka begriff nichts. Na ja, sie verstand schon, dass irgendwelche Leute, denen Saur und die Singers ihre Wohnungen verkauft hatten, nicht Leute, sondern eine Bürogemeinschaft waren, dass sie sich auch Tamrikos Zimmer einverleibt hatten und jetzt Gulnar suchten, in den unendlichen Weiten, und früher oder später würden sie auch sie rausschmeißen, also die Lekwischwili und Sinka.
Klar?
Nein.
Gut, ich erklär's dir anders: Bring die Dokumente in Ordnung. Du musst die Wohnung verkaufen.
Sinka erschrak.
Warum? Das hab ich nicht vor!
Die Lekwischwili seufzte und fing von vorne an, geduldig und langsam erklärte sie Sinka alles. Sinka traute ihren Ohren nicht. Und wo, zur Hölle, soll ich hingehen? Die Lekwischwili zuckte nicht mal mit der Wimper, blies den Rauch aus den Nasenlöchern und sagte:
»Keine Ahnung. Ich weiß selbst nicht wohin. Was weiß ich denn ...«

Oh je ... Wir sollen uns eine Wohnung kaufen? Welche Wohnung denn? Von welchem Geld, was geben die mir schon für meine dreißig Quadratmeter, Frau Lekwischwili, was für eine Wohnung soll ich denn kaufen, wo, etwa in den Plattenbauten? Die Lekwischwili zuckte mit den Schultern:
»Meine ist siebenundvierzig.«
Und wenn wir bleiben? Die Lekwischwili schwieg. Frau Lekwischwili, ich hab nur diese Wohnung und die Raviata, das war's, mehr hab ich nicht.
Du bist jung, Sinka. Die junge Sinka Mensch. Du wirst nicht verlorengehen. Solche wie du gehen nicht verloren. Solche wie du, mit mongolischen Wangen und kräftigen Händen, die überleben immer. Menschen ohne Wurzeln. Einen guten Namen hat dir dein Großvater vermacht. Schau, so, einfach: Mensch. Und du bist sogar noch besser. Er war zumindest aus irgendeinem Land, aber du bist wahrscheinlich an einem Baum gewachsen oder von irgendwo runtergefallen. Deshalb wirst du überleben. Ich hab dich immer als Halbmenschen angesehen, als irgendein komisches Tier, ohne Vorfahren, ein ungebildetes, unerzogenes Mädchen, der Bodensatz oder Abschaum der Menschheit. Wenn ich dich jetzt anschaue, weiß ich nicht mal, was ich denken soll.
Im Hof sprudelte plötzlich der Wasserhahn los. Die Arbeiter schrien auf. Sinka saß regungslos und starrte die Lekwischwili an.
Die Lekwischwili drückte den Zigarettenstummel aus.
»Das war die Schnupftabakdose vom Mann der Pro-

kowjewna. Damit du's weißt. Табакерка auf Russisch. Jedenfalls schau in die Dokumente. Hast du die Wohnung von Aleksi überschrieben bekommen? Schau rein. Sonst landest du auf der Straße.«

Die Lekwischwili erhob sich. Sinka stand auf.

»Sie sind gekommen, um mir das zu sagen?«, fragte sie. »Um mich runterzumachen? Warum?«

Die Lekwischwili richtete sich auf.

»Ich bin wahnsinnig«, erwiderte sie, »ich bin verrückt. Eine alte, verrückte Frau. Mir geht's sehr schlecht, Sinka. Mach's gut.«

* * *

Meine Damen und Herren. Jungs und Mädchen. Ich bin Sinka Mensch. Das Akkordeon heißt Raviata. Wir erzählen euch heute von einem Mädchen, das Tamriko hieß. Der Vater nannte sie Frau Tamar, und ihr könnt euch sicher vorstellen, wie schön sie war, oder? Wie Gina Lollobrigida. Jetzt singen die Raviata und ich das Lied von Frau Tamar für euch. Und eins und ...

Ain't got no home, ain't got no shoes
Ain't got no money, ain't got no class ...

Spiel, spiel, Raviata! Sing, Sinka! Sing uns Tamrikos Lied, ist doch egal, dass Tamriko nie gesungen hat. Zumindest konnte sie richtig gut zuhören, richtig gut lieben und sie war ein gutes Mädchen, ein Mädchen vom anderen Flussufer, die Frau Tamar.

Einmal hätte ich sie zumindest mitnehmen können in dieses blöde Pub, dachte Sinka betrübt, warum hab ich ihr überhaupt zugehört. Ich hätte sie an der Hand packen und herzerren sollen ...

Hey, what have I got?
Why am I alive, anyway?
Yeah, what have I got?
Nobody can take away?

Das Publikum tobte. Holzbecher wurden auf den Tisch geschlagen und zerbrachen laut knackend. Wacho an der Bar nickte zufrieden und zeigte Sinka ab und zu ein Daumen-hoch.

Nächstes Mal bring ich die Lekwischwili mit, dachte Sinka, und geb ihr Cognac aus. Wenn sie mich runtermacht, beschimpf ich sie, und sie wird sich wenigstens amüsieren.
Neben Wacho stellte sich ein Mann und auch der zeigte Sinka den Daumen.
Wow!
Abessalom und Eteri!
Der heilige Abo von Tbilissi!

Got my hair, got my head,
Got my brains, got my ears,
Got my eyes, got my nose,
Got my mouth, I got my smile ...

Ich glaub, ich spinne!, dachte Sinka.
Wow, Abo! Gut siehst du aus, Sinka. Schau mal einer an!
Sinka hätte ihn gern gefragt: Wo zum Teufel hast du gesteckt, du Arsch. Aber sie tat es nicht. Sie stand da und lächelte wie eine Idiotin. Gut siehst du aus. Weiß ich. Nein, wirklich. Und du singst gut. Weiß ich auch. Nur Englisch ist nicht so dein Ding, stimmt's? Hahaha! Ich freu mich so, dich zu sehn, Mensch!
»Wohin soll er denn gehen«, hatte Tamriko in jener letzten Nacht zu ihr gesagt, »komm, glaub mir, er wird wiederkommen, wenn er nicht gestorben ist, das ist klar ...«
Ach, wie schön, dass du nicht gestorben bist, Abo!

* * *

»Frau Lekwischwili!«
Sinka schlug an die Tür der Lekwischwili, das erste Mal im Leben, und rief laut. Sie wollte die Lekwischwili wecken, musste sie aufwecken, und sie lärmte, so laut und kräftig sie konnte. Wen sonst sollte sie in dem Hof aufwecken, der wie ein leerer Brunnen war.
»Hurra, Frau Lekwischwili!«
Die Lekwischwili machte das Licht an, aber nicht die Tür auf.
»Sind Sie wach?«, schrie Sinka. »Das ist gut! Ich steh nicht vor Ihrer Tür, um Sie zu schlagen und anzuspucken. Überhaupt nicht! Ich hab heute einen tollen Mann getroffen und ich bin sehr glücklich. Jawohl! Und ziemlich betrunken. Das wollte ich sagen. Und überhaupt, viel Vergnügen wünsche ich Ihnen. Wenn es Sie

freut, sehr gut, und wenn Sie jetzt neidisch sind und sich aufregen, umso besser, wenigstens haben Sie dann was zu tun und was zum Nachdenken. Leben Sie wohl!«

Weil du schön bist

> В конце 1990-х гг. тираж журнала, благодаря публикациям в нем ранее запрещенных произведений, вырос до фантастических цифр – тираж первого номера за 1998 год, на пример, равнялся 2 660 000 экземпляров.
>
> Ende der 1990er Jahre ist die Auflage des Magazins dank der Veröffentlichung von bisher verbotenen Werken auf phantastische Zahlen angewachsen – die Auflage der ersten Ausgabe für 1998 lag beispielsweise bei 2.660.000 Exemplaren.

Malula kam zurück. Diesmal war es eine schwarze Malula, sie hatte einen weißen Latz und zwei weiße Pfötchen – eins vorn und eins hinten. Sie saß unbekümmert auf Sinkas Balkongeländer und putzte sich das Gesicht.
Wenn sie sich über das Ohr streicht, wird schönes Wetter, sagte der Opa.
Ach, so eine feine Malula, dachte Sinka.
Es war ein strahlender Tag. Es hatte ein wenig geregnet, und als es aufgehört hatte, strahlte die ganze Zeit die Sonne. Wahrscheinlich gab es irgendwo, fernab des ehe-

maligen Revolutionärsplatzes, der jetzt den Namen des nächsten Perversen trug, auf den Feldern, wo die Ausdünstung der Erde aufsteigt und Vogeljungs den Vogelmädchen süße Lieder zwitschern, einen Regenbogen, einen richtigen, siebenfarbigen.

Einmal hatte Sinka gesehen, wie drei Regenbogen hintereinander gestanden und sich alle drei im Fluss gespiegelt hatten. Sechs Regenbogen! Jener Fluss hieß Nemunas und Opas dortige Geliebte Danute, und Sinka verwechselte immer, wer wie hieß. Danute wohnte am Ufer der Nemunas, in einem kleinen Holzhaus. In ihrem Hof standen Apfelbäume und viele Blumen blühten. Überhaupt, diese Danute war eine fröhliche Frau und es störte sie gar nicht, wenn man sie beim Flussnamen nannte. Sie hatte eine hohe, klangvolle Stimme und klangvoll lachte sie auch, die Danute. Oder die Nemunas? Jene drei Regenbogen gab es auch heute.

»Opa, schau, die Danute hat drei Regenbogen!«

Und Danute hatte gelacht, Sinka ebenso. Und der Opa hatte gesagt:

»Die Sonne wäscht sich das Gesicht ...«

Auch jetzt wusch sich die Sonne das Gesicht und Malula ebenso, und Sinka sang:

Ich liebe dich!

Weil du schön bist!

Das ist anmutig, spornte Data sie an.

Furchtbar, klagte Kotiko wieder, ich hätte nie gedacht, dass so etwas Primitives in der Sprache Rustawelis möglich ist!

»Ich hab ein außergewöhnliches Lied geschrieben!«, verkündete Sinka. »Und ich singe hervorragend!«
Malula kniff die Augen zusammen und schaute Sinka an.
... weil du schön bist,
weil du schön bist ...
»Was soll man zu dem Text sagen«, warf die Lekwischwili ein, die gerade in den Hof kam, »Primitivismus, öffentliche Blamage. Aber die Melodie ist ganz okay.«
»Das ist Billie Holiday.« Sinka grinste breit. »›Strange fruits‹, so heißt das Lied im Original. Kotiko hat es mir beigebracht.«
Die Lekwischwili lachte herzlich.
»Du bist frech!«
Liebe ist schön, stimmt's? Nein, erinnerst du dich, wie es war, als die arme Tamriko kaum denken konnte? Nieder mit Aleksi Mensch, hat sie gesagt, und was du für einen Aufstand gemacht hast, kaum dass sie irgendeinen Mann gefunden hatte? Du weißt es noch. Du Schamlose.
Ja, Sinka wusste es noch. Sie konnte so lange nicht einschlafen, bis das Klackern von Tamrikos angeberischen Absatzschuhen in der Toreinfahrt zu hören war: Da ist sie! Und dann hörte sie, wie Kotiko zum Opa sagte, soll sie uns den Mann doch wenigstens zeigen, an einen Dahergelaufenen geben wir unsere Tamriko nicht einfach so her – und da drehte sie durch!
»Was soll ich denn machen?!«, entfuhr es Sinka. »Was soll ich nur machen, wo soll ich nur eine Frau finden, die noch zu haben ist?«

»Du bist unverschämt.« Die Lekwischwili lächelte sie wehmütig an.
»Ja.« Sinka lächelte wehmütig zurück. »Und total glücklich! Ach, es ist so schön, Frau Lekwischwili!«
... Ich liebe dich!
Sinka dachte, die Schönlinge hätten ihr Abo geschickt. Wie sollte es anders sein? Abo verstand Sinkas Humor und Sinka Abos Humor. Abo erzählte Geschichten, wie Data und auch wie Opa welche erzählt hatten, Abo war der Meinung, dass alles, was Sinka sagte, stimmte, dass alles, was Sinka tat, genau so getan werden musste, so und nicht anders. Und Abo sagte, Sinka sei die Beste – und er hatte recht, denn die Schönlinge lügen nicht.
... Ich liebe dich!
Super! Super, dass Abo keine Frau mehr hat! Sie hat doch einen guten Mann geheiratet? Jawoll, super! Super, dass Geologie keinen Menschen mehr interessiert und Abo arbeitslos ist und außer Sinka nichts zu tun hat! Super, dass Abo aus dem Krieg zurückgekommen und der Krieg aus ist, und selbst wenn noch welcher wäre, würde Abo nicht mehr hingehen, in keinen einzigen Krieg mehr! Und super, oh ja, oh ja, super, dass Abo sich in Sinka verliebt hat!
... Ich liebe dich!
Wenn die Erde trocken wird, gehen wir, ja, Sinka? Na klar, Abo! Was soll mit Wacho sein, Wacho läuft nicht weg, Wacho kann warten, und überhaupt, wieso sollte man im Sommer in ein Pub gehen, ist doch sinnlos, oder? Lass

uns gehen und gehen. An Orte, an denen weder du warst noch ich, und die übrigen, wo wir gewesen sind, lass uns gegenseitig im Winter erzählen, lass uns am Ofen sitzen und erzählen und erzählen.
Wo wir gewesen sind, wollen wir nicht mehr hin, ja? Dorthin wollen wir nicht mehr. Es gibt ein Dorf, den Namen kann ich dir nicht mehr sagen. Dort sollten wir niemals hinfahren. Ich hab das so geliebt, dass ich für immer dortbleiben wollte. Meine Oma oder so was hat dort als Ärztin gearbeitet und im Sommer haben mich meine Eltern öfters hingebracht. Es war super. Am Fluss eine Badestelle, einmal in der Woche Kino, in dem Kino hab ich zum erstem Mal ein Mädchen geküsst, das war älter als ich und hat mich mächtig ausgelacht ... Und der Nachbar hatte ein Pferd. Einen Klepper.
Dass es ein Klepper ist, wusste ich nicht mal. Ich wusste einfach nicht, was das bedeutet. Es war ein großes Pferd, kastanienbraun. Mein Ross. Sein Besitzer hatte Kinder und mit denen hab ich mich angefreundet, ich hab das Pferd ständig gestreichelt. Da wohnten noch zwei Mädchen im Haus, die haben ihm die Mähne gebürstet und ihre Haarbänder eingeflochten, als das deren Mutter sah, hat sie sie beinahe umgebracht, aber so war's. Wir waren verrückt nach dem Pferd, und das Pferd war verrückt nach uns. Kaum zu glauben, dass es zu uns nie bösartig war oder weglief, ich setzte mich auf seinen blanken Rücken, hielt mich an der Mähne fest und es trug mich herum, auf die Hügel, in die Aue, überallhin. Dann ärgerte sich die Oma und fluchte, aber ich tat trotzdem

nichts lieber, als auf dem Rücken jenes Pferdes zu sitzen. Mein Ross. Ich hab einmal drei Jahre lang jeden Winter Zuckerstückchen gehortet, aber das ist eine andere Geschichte. Ich hatte die ganze Zeit die Vorstellung, wie ich ankomme, zu meinem Pferd gehe, wie es den Zucker schnurpst und ich mich auf seinen Rücken schwinge. Dann kam ein sehr strenger, kalter Winter. Ich hatte ja keine Ahnung. Woher hätte ich es wissen sollen. Als ich dort ankam, war das Pferd nicht mehr da, und die Kinder des Hauses sagten, sehr ruhig, normal, das Heu war uns ausgegangen und da haben wir es nachts rausgeworfen, wir haben es auf die Heuwiese rausgelassen. Die Wölfe haben es gefressen. Das haben sie mir wirklich gesagt. Und dass das Futter noch für die Kühe reichen musste. Und sie sagten, es war ja schließlich nur ein Klepper. Sie haben es den Wölfen zum Fraß vorgeworfen. Ich bin nicht mal die Nacht geblieben, hab so ein Theater gemacht, dass mich die Oma selber nach Tbilissi gebracht hat, außerdem sagte die mir unterwegs immer wieder, was ist in dich gefahren, es war doch nur ein Klepper, und ich bin völlig ausgerastet. Deshalb fahren wir nicht in das Dorf, meine kleine Sinowjew[10].
Natürlich, Abo. Wir fahren woandershin. Ins Paradies der Klepper. Was wollen wir da? Nichts wollen wir da. Weder da noch in Anapa. Soll ich dir erzählen, wie ich

---

10 Nach Grigori J. Sinowjew (1883–1936), sowjet. Politiker und Weggefährte Lenins und Stalins, später von diesem im Zuge der Säuberungen hingerichtet, Anm. d. Ü.

und Opa eine Meerjungfrau gesehen haben? Wirklich. Haben wir. Eine Sirene.
Opa war damals nach Anapa eingeladen worden, und wir wohnten in Dschemete, einem Kurort nicht weit von dort6, von da gelangten wir hin. Dort machten wir viel Geld, in Anapa. Уеду в город Анапу! – Ich fahre nach Anapa! So heißt es doch in einem Lied und Dschmemete war ein schöner Ort, deshalb sagte Opa, ich werd den Jungs ein Telegramm schicken, dass sie herkommen sollen, eine Woche sollten wir mindestens bleiben. Die Jungs konnten nicht kommen: Kotiko wurde von seiner Usbekin festgenagelt und Datas Frau sagte, wenn du fährst, nimm deine Bälger gleich mit, und deshalb überlegte Data es sich anders, Temiko und Suriko waren Tsunamis! So kam es, dass nur ich und Opa da waren. Das Wetter schlug um, aber wir hatten trotzdem eine gute Zeit. Es waren nette Leute, bei denen wir wohnten, die Frau, die Hausherrin, machte fast Torten aus Fisch und zum Frühstück Pfannkuchen mit Schmand, wir spielten Karten und erzählten uns Geschichten, draußen regnete es, aber es war trotzdem schön. Der erste Regen am Saisonende ist süß ...
Später verzog sich der Regen und wir gingen raus zum Meer, aber nicht zum Baden, sondern einfach nur so. Ich und Opa. Und als wir vom Meer zurückkamen, munkelte jemand etwas. Oberhalb des Meeresufers hatten sich Leute um jemanden oder etwas versammelt und wir gingen auch hin, und als Opa sah, wo wir hingeraten waren, hielt er mir die Augen zu. Ich sah ganz wenig –

langes, nasses Haar, große blassblaue Brüste. Das Gesicht war nicht zu erkennen, nur das Haar hab ich gesehen. Ich wusste, wer das war, und ich wusste, sie war tot. Es war wirklich eine, den ganzen Schwanz hab ich nicht gesehen, aber sie war unten wie ein Delphin, blau oder violett, ein bisschen größer als ein Mensch. Nein, Angst hatte ich keine, sie tat mir sehr leid. Wir wurden von dort verscheucht, alle, die wir dort waren, wir wurden angeschrien, wir sollten unserer Wege gehen. Männer in Uniform. Es kam ein geschlossenes Auto und nahm sie mit. Ich hab nicht gesehen, wie, Opa hat mich umgedreht und ich hab mein Gesicht in Opas Bauch vergraben. Ich fragte Opa, was denkst du, wo wurde sie hingebracht, er sagte, ich weiß nicht. Dann hab ich gelauscht, was zu Hause so geredet wurde, und die Hausherrin sagte »Labor« oder so was in der Art. Mir hat die Sirene sehr leidgetan.

Später, in der Nacht, standen sie vor der Tür, wo wir eingemietet waren, und nahmen Opa mit. Nur für kurze Zeit, aber ich bin fast gestorben vor Angst, und als er zurückkam, sprach er zuerst mit der Hausherrin und ihrem Kind – in jener Nacht war kein Mann im Haus, und mir sagte Opa, ich solle nie irgendjemandem davon erzählen, ich solle nie verraten, dass wir eine Sirene gesehen hatten, das sei ein furchtbares Geheimnis. Was weiß ich, warum das geheim ist. Nein, ich hab's nicht ausgeplaudert, wirklich nicht, selbst den anderen beiden Schönlingen hab ich nichts gesagt, wirklich nicht! Du bist der Erste, dem ich das erzähle, dabei ist das schon ewig her,

zwanzig Jahre mindestens, und du, wem solltest du das schon erzählen?!
Ich weiß, dass im Mtkwari Sirenen leben. Wirklich. Wenn man sie am Meer findet, warum sollten sie dann nicht im Mtkwari sein? Ich sag's dir. Der mir das erzählt hat, hat sie singen hören. Ein Dichter, Gigi heißt der. Ich stell ihn dir später vor. Er hat gesagt, sie haben schlechte Stimmen. Erzähle ich dir später. Im Winter.
Komm, wir legen uns auf die Lauer! Hä? An der Brücke! Was? Was ist schon dabei? Wirst schon nicht erfrieren! Was? Lass uns singen, und wenn sie dort sind, werden sie einstimmen ...
... Ich liebe dich!
Weil du schön bist!
Abo schaute sie an und Sinkas Herz krampfte sich zusammen: Wie schön du bist, Abo!
»Mädel«, sagte Abo, »so was sagt man nicht zu Männern. Was weiß ich, was anderes. Du bist schön, das sagt man echt nicht.«
»Denkst du«, antwortete Sinka, »klar sagt man das. Wir haben das ständig zueinander gesagt.«
Abo musste lachen.
»Ich liebe dich sehr, Mensch!«

Dämonen

> Ich lobe zwar die Torheit, aber gar nicht mal so töricht.
>
> *Erasmus von Rotterdam*

Dann war Sommer, dann kam der Herbst, dann begann der November, und das waren sehr lange, sehr glückliche Tage.
Sinka wachte auf, aß, lief herum, sang und schlief. Wachte auf, aß, lief herum, sang und schlief. Und wenn sie aufwachte, aß, herumlief, sang und schlief, war sie furchtbar glücklich.
Im Viertel entbrannte ein erbitterter Streit: Wann bricht das neue Jahrhundert an – im Jahre 2000 oder 2001? Sinka war für 2000, Abo für 2001. Abo erklärte Sinka irgendwas, aber Sinka verstand es nicht, hörte nicht zu, denn »Schau, was hat das für eine Bedeutung, Abo? 2000 klingt einfach besser, oder nicht? Also, lass uns das nehmen und beides ordentlich feiern. So machen wir's.«
Ich werde eine Gans machen. Im Knacki. Nigo hatte doch dauernd aus Büchern erzählt und an viel kann ich mich nicht erinnern, aber an die Gans schon. Mit Quitten und Äpfeln drin. Keine Ahnung, können wir keine auftreiben? Lass uns aus der Stadt fahren und eine klauen! Was? Ich werd sie klauen! Und ich werd mit ihr

abhauen, weißt du, wie ich rennen kann? Das weißt du doch!
Na gut, dann dieses Jahr eben Gans. Mit Quitten. Bäh! Das soll lecker sein?!
Nur, dass dann eines Abends Abo nicht kam. Tja ... Auch am nächsten Tag tauchte er nicht auf. Hach!
Sinka war beunruhigt. Sinka fiel ein, dass sie Abo noch nie angerufen hatte, warum auch? Und sie wusste auch nicht die Nummer. Und auch Abo könnte nicht anrufen, es gab ja weder Tamriko und erst recht kein Telefon, aber warum hätte er auch anrufen sollen, Sinka war doch entweder zu Hause oder im Pub oder mit Abo zusammen. Aber jetzt – was nun?
Irgendwann hatte Data zu Sinka gesagt, dass man elf Dinge pro Tag tun soll. Nicht mehr, nicht weniger. Wenn man weniger tut, ist man ein Faulpelz, wenn man mehr tut, ist man einfach ein Dummkopf und hat's nicht anders verdient.
Elf, wie beim Abzählen.
Ende November jedenfalls, als elf Tage seit Abos Verschwinden vergangen waren, es auf elf Uhr zuging und demzufolge auch ihre Arbeitszeit endete, brachte Sinka die Raviata nach Hause, schloss die Wohnung ab ging über die Brücke und folgte den dunklen Straßen zu Abos Haus, fest überzeugt, es wiederzuerkennen. Damals in der verschneiten Nacht, als Sinka, Abo und die Raviata das erste Mal auf die Straßen Tbilissis getreten waren, hatte Abo Sinka zu sich eingeladen und die Adresse quasi gesagt. Jedenfalls ...

Ich werde es finden, dachte Sinka, schließlich ist es ein Haus, wohin sollte das schon verschwinden.
Die ganze Stadt ist holprig, hatte Data manchmal gejammert. Alle Treppen sind steil. Und ganz Tbilissi hab ich durchquert wie Himmel und Hölle, ich armer Tropf...
Und ließ sich irgendwo im Flachen nieder, allerdings im letzten Stock, und wenn der Strom weg war, ging er wieder durch Himmel und Hölle, auf der steilen Treppe.
Wenn ich nur wüsste, wohin er mich damals in dem Schnee eingeladen hat, dachte Sinka und musste lachen, während sie in gleichmäßigen Schritten den Anstieg in Angriff nahm, und ich hatte sogar die Raviata dabei...
Sie erkannte es wieder. Sie erkannte es so plötzlich wieder, dass sie sich wunderte. Die riesige, alte Glyzinie, die abgerissene Tür und der dunkle Flur. Sinka fischte die Dynamotaschenlampe aus der Tasche.
Was war das nur für ein Haus! Was für ein Flur!
Sinka folgte der breiten Treppe:
Eins, zwei, drei, vier... Am Ende waren es nicht elf, sondern viel mehr, und Sinka gab das Zählen auf.
Am Ende der Treppe stieß sie auf eine Tür. Es stand nichts darauf. Sinka steckte die Dynamotaschenlampe zurück in die Tasche und klopfte, energisch und beherzt, mit dem festen Plan: gesittet zu fragen, wo er wohnte...
»Abo!«
Abo öffnete! Super!
Wieso hätte er von dir gefunden werden wollen. Ich dachte, er sei krank geworden oder was weiß ich. Meine

Güte, was du für ein schönes Haus hast! Und du hast sogar so einen Ofen wie ich, he!
Ein Kachelofen, bloß doppelt so groß wie Knacki, eher ein Kamin, über Eck bis zur Decke, und die Decke war fünf Meter hoch. Kacheln und Kachelengel in der Ecke, und da, wo das Feuer angezündet wurde, hatte er überall ornamentverzierte Eisengitter, und Sinka und Abo setzten sich dorthin, ans Feuer.
Abo schwieg.
Sinka bekam Angst.
»Junge, ich kenn diesen Ofen.«
»Jetzt willst du mir einen Bären aufbinden.« Abo lachte.
»Nein, nein, ich erzähl dir die Geschichte. Ich kenn diesen Ofen. Ich hab manchmal so gesessen, am Feuer, auf einem kleinen Stuhl, wie der Aschenstocherer, nur dass ich nicht in der Asche gestochert, sondern ins Feuer geschaut hab. Und meine wunderschöne Mutter setzte sich neben mich, sie setzte sich auch auf einen kleinen Stuhl, schaute mal ins Feuer, mal zu mir, sie schaute mich so liebevoll an, Abo, dass mir ganz warm wurde, ich dachte aber, dass mich das Feuer wärmen würde. Damals war ich klein und dumm, es sei mir verziehen ...«
»Sinka, jetzt bitte keine Geschichten, ja?«
»Jedenfalls ...« Sinka konnte nicht aufhören zu reden.
Wenn ich aufhöre zu reden, gehe ich kaputt, dachte Sinka und konnte nicht aufhören zu reden.
»Einmal, als nur noch glühende Asche im Ofen war, sagte Mutter, meine Sinka, los, kneif die Augen zusammen und schau so hinein, und ich hab die Augen zusammen-

gekniffen und so reingeschaut, und Mutter sagte, Sinka, siehst du das Schloss? Und ich hab das Schloss gesehen. In der Nacht stand es, das wunderschöne Schloss, erleuchtet, strahlend, in der stockfinsteren Nacht, und in dem Schloss war ein Fest, Frauen und Männer tanzten und ein Orchester spielte, und die erste Violine war ich, Abo, ich stellte mich hin und spielte, ich weiß sogar noch, was ...«

»Sinka!«

Sinka verstummte und kniff die Augen zusammen. Sie saß da, schaute ins Feuer und dachte: Das ist das Schloss Soria-Moria, mein Schloss, und Kotiko spielt die Violine. Und sie begann zu singen:

»Da-ri-da-da-ri-raa-da-dam!«

Abo schwieg immer noch.

»Das ist Händel. Sarabande«, sagte Sinka. »Abo, was ist mit dir, hast du mich abgelegt? Hm?«

Abo stocherte mit dem Schürhaken. Oh, wie Soria-Moria funkelt ...

»Ich bin krank, Margo«, sagte Abo zu Sinka.

»Und ich muss erraten, wer Margo ist, oder?« Sinkas Stimme zitterte.

Sinaida. Geh nach Hause. Es reicht, ja? Ja? Und ich flehe dich an, du bist doch nicht irgendjemand, letzten Endes bist du doch Sinka, mach jetzt keinen Aufstand, ja?

So ist das also ..., dachte Sinka. Hat man so was je gehört?

Hinter neun Bergen und neun Meeren, am steilen Felsen, steht ein Wehrturm. Dort, im großen Raum, steht ein eiserner Thron, ein kalter Thron, und daneben führen Rohre hinein, in den Rohren fließt Wasser, in einem schmalen Rinnsal, es macht die Steinfliesen nass, lässt den Raum gefrieren. Dort ist es völlig dunkel, und in dieser Dunkelheit, auf dem kalten eisernen Thron, sitzt der alte König. Mit hängendem Kopf, müde. Der König sitzt da, die ganze Zeit, immer, in dem Raum, auf dem eisernen Thron, unter ihm aber, in den Wasserströmen, in den Höhlen, in der Mitte des Felsens, sind Dämonen eingesperrt. Einst, in ewiger Vorzeit, hatte dieser König sie eingesperrt, in Ketten gelegt, und die Dämonen werden verrückt. Siebenhundert Jahre. Sie rasseln mit den Kupferflügeln und brüllen: Lass uns raus, Giwi Maras! Siebenhundert Jahre sitzt der alte König auf dem kalten Thron und hört stets: Lass uns raus, Giwi Maras! Und er würde sie rauslassen, er würde sie wirklich rauslassen, er hat es satt, er würde sie rauslassen. Aber ihm fällt der Spruch nicht mehr ein, und so sitzt er, auf dem kalten Thron, der König mit dem hängenden Kopf, Giwi Maras, und die Dämonen brüllen: Lass uns raus, Giwi Maras!

»Junge, jag dem Mädchen keine Angst ein!«, hatte der Opa zu Kotiko gesagt.

»Ich hab keine Angst«, hatte Sinka erwidert und gelacht. »Und wie geht's weiter?«

Sinka stand auf. Abo blieb sitzen. Sinka stand auf und ging. An der Tür angelangt, glaubte sie zu hören: Sinowjew! Aber sie hörte nichts und ging. Sie öffnete die Tür und schloss sie wieder, sie zog die Dynamotaschenlampe aus der Tasche. Oh, sie hatte ja nicht mal die Wattejacke ausgezogen. Ach, Abo ...

Sinka ließ die Dynamotaschenlampe aufheulen und ging die Treppe hinunter. Die breite, früher einmal wunderschöne Treppe.

Du sollst dich jetzt nicht selbst bemitleiden, du sollst nicht rumjammern, Sinka. Du bist noch jung, Sinka. Die junge Sinka Mensch. Du wirst nicht verlorengehen. Solche wie du gehen nicht verloren. Solche wie du, mit mongolischen Wangen und kräftigen Händen ...

Das Schiff

Data nannte das Dulligkeit.
Wenn es unerträglich kalt wird und sehr dunkel, nur eine Weile noch, kleine Sinka, du erträgst es, nur ein bisschen, na los, und es wird besser.
So pflegte er zu sagen.
Es war so kalt, dass sogar Sinka fror, die gleichmäßigen Schrittes lief.
Nur ein bisschen, Sinka, eine Brücke und ein Anstieg und dann bist du schon da.
Wie kalt es ist.
Auf der Brücke lagen Hunde. Viele. Gelbe Hunde, Schäferhunde, mit gelben Schnauzen, mit gelben Augen.
Sinka geriet in Panik.
Eins, zwei, drei, vier ... Ach du Schande ...
Ein Hund erhob sich träge und murmelte irgendwas. Die übrigen erwachten zum Leben. Sinka hörte auf zu zählen und verlangsamte ihre Schritte.
Pass auf!, sagte Kotiko.
Sinka hielt an.
Pass auf, hab ich gesagt, Mädel!
Die Hunde setzten sich in Bewegung. Einer fing an zu bellen, aber die anderen brachten ihn sogleich zum Schweigen. Sie liefen stumm, die Pfoten kratzten auf dem Asphalt und sie ließen Sinka nicht aus den Augen.

Und Sinka durchzuckte die Erkenntnis, dass sie verloren war.
In weiter Ferne, in den Bergen, hatte der auf eine mondbeschienene, bereifte, vereiste Wiese gescheuchte Klepper nicht begriffen, was er verbrochen hatte. Er schüttelte den Kopf und die in seine Mähne geflochtenen Bänder glänzten.
Irgendwo, so fern, dass für diese Ferne kein Wort existiert, lachte der böse Gott und, sieh da, der Klepper wurde vom ersten Wolf angefallen.
»Was?«, schrie Sinka den Schäferhund an, der voranlief. Der ignorierte Sinkas Geschrei und Sinka merkte, dass er ihr direkt in die Augen schaute, er, der Schäferhund, in Sinkas Augen.
Wieso bist du zu einem Klepper geworden!, schrie Kotiko sie an.
Sinka reckte die Schultern und bewegte sich auf den Schäferhund zu. Die anderen kamen auch, viele, leise.
»Was?«, schrie Sinka sie an. »Seit wann seid ihr Wölfe? Ich fick euch alle! Na, was sagt ihr nun?«
Der Anführer baute sich auf und fletschte die Zähne. Wie nah sie herangekommen sind, Sinka. Sinka fing an zu weinen, zu heulen.
Ich bin verloren!, dachte sie und fletschte selbst die Zähne. Die großen Zähne.
»Ich bin kein Klepper, du Hund! Ich bin Sinka! Mensch!«
Der Klepper fing an zu weinen, und dann heulte er auf, er heulte, wie er konnte, aber Gott hörte nicht auf ihn,

er war boshaft, Opa, mein Opa, wie boshaft er ist, Opa, dieser angebliche Gott!
Nach rechts, zu Datas Bude!, vernahm Sinka Kotikos Stimme, und Sinka hob mit einer Hand einen Pflasterstein auf und schleuderte ihn:
»Fickt euch!«
Der Pflasterstein verfehlte die Hunde, er krachte laut auf den Asphalt. Die Hunde verharrten einen Moment, aber bevor Sinka den nächsten zu fassen bekam, sprang eine räudige Hündin auf sie zu. Sinka versetzte ihr einen Tritt und rief ihr, wieder mit gefletschten Zähnen, zu:
»Fickt euch!«
Und es erklang ein großes »Uuuuuh!« und an der Brücke am Mtkwari wurden Segel gesetzt, und die im Kampf mit den Hunden gebissene und verrückt gewordene Sinka erblickte Data, den Krieger, den echten Kämpfer, den Helden Data, die große Stetschkin in der Hand, die Brust ordengeschmückt, und Data warf sich zwischen die Hunde, und Kotiko öffnete sein Messer und brüllte:
»Hurraaaaaa!«
Ein Hund wurde von jemandem hochgeworfen und flog in den Fluss, und Kotiko schlang von hinten eine Hand um Sinkas Taille, die rechte mit den fünf Fingern: Tritt zu, Sinka!
»Uuuuuuh!«
Und sieh da, der erste Akkord, und Opa, der am Heck stand, zog die Raviata auseinander:
»Hurra, ihr Straßenkinder!«
Opa! Opa! Mein Opa!

Kotiko zog Sinka an der Hand und sie sprangen zusammen von der Brücke an Deck.
Die Sirenen reckten den Kopf aus dem Wasser.
»Gerade noch rechtzeitig!«, rief Kotiko. »Wo habt ihr bloß gesteckt, ihr verdammten Fischhuren? Ha?«
»Hahaha!«, lachte Data, und Kotiko lachte auch, und Opa und Sinka, und dann, so heißt es, war in jener Dämmerung, in der es eiskalt war und sich keine Menschenseele auf der Brücke sehen ließ, auf dem Mtkwari ein Lied zu hören:

Schönes Schiff,
Segel, Anker, Meer,
ich will keinen andern,
ich warte nur auf dich!

Ein Mann und eine Frau sangen und die Sirenen stimmten ein, erzählte man, und die Frau habe getanzt und jemand geschrien »Ich liebe dich, Mensch«. Sie schworen auf ihr Gewissen und das Vaterland, es sei so gewesen, aber das sind die Geschichten des vergangenen Jahrhunderts, noch dazu von denen von anderen Flussseite, tja, da kann man nie wissen ...
Eins wissen wir sicher: Da war ein Schiff mit acht Segeln und fünfzig Kanonen, es fuhr in jener Dämmerung den Mtkwari hinab und verschwand.

Titel der Originalausgabe
ზინკა ადამიანი
von Anna Kordsaia-Samadaschwili

The book was published with the support
of the Writers' House of Georgia

WRITERS'
HOUSE
OF GEORGIA

FSC
www.fsc.org
MIX
Papier aus verantwortungsvollen Quellen
FSC® C014496

Deutsche Erstausgabe

Herstellung und Umschlaggestaltung: Laura J Gerlach
unter Verwendung einer Fotografie von Joachim Unseld
Satz: psb, Berlin
Druck und Bindung: GGP Media GmbH, Pößneck
Printed in Germany
ISBN 978-3-627-00275-6